JN075815

由美子は大袈裟なくらいに
手振りをまじえて、演技を続けた。

今度の舞台は学校!?全力の演技!
SCENE #01

SCENE #02 まるで子守歌のような、千佳の朗読

由美子の熱は、それなりに高い。
頭はぼんやりしているし、
食欲はないし、呼吸も浅い。
頑張って眠っているが、
寝入るまではとにかくしんどかった。
しかし、千佳のあまりにも
心地のいい声は。
由美子から苦痛を取り去り、
落ち着いた眠りに導いてくれた。

夕陽とやすみのコーコーセーラジオ!

第74回　～夕陽とやすみと成績と～

第80回　～夕陽とやすみと代わりのゲスト～

第83回　～夕陽とやすみは楽しみたい～

めくると花火の私たち同期ですけど?

第290回　～めくると花火は風邪を治したい～

ティアラ☆スターズ☆レディオ!

第26回　～ミントと飾莉はみんなと会いたい?～

夕陽センパイ結衣こうはい

第1回　～夕陽と結衣は相性ばっちりですよ!～

第3回　～夕陽と結衣は文化祭どうする?～

第6回　～結衣はセンパイとクラスメイトになりたい～

第7回　～夕陽と結衣と告知の時間～

声優ラジオのウラオモテ

NOW ON AIR!! 第74回

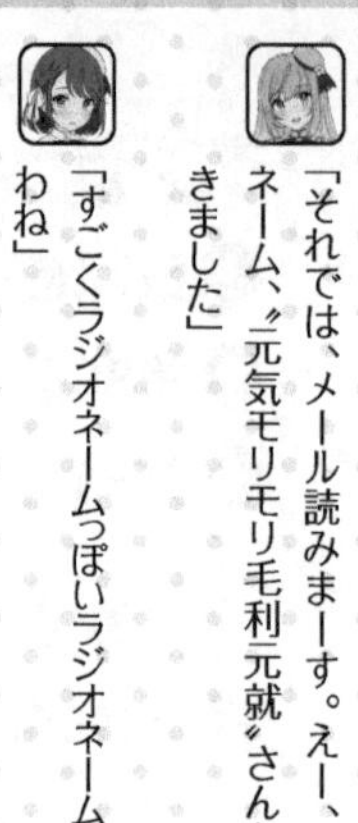

「それでは、メール読みまーす。えー、ラジオネーム、〝元気モリモリ毛利元就〟さんから頂きました」

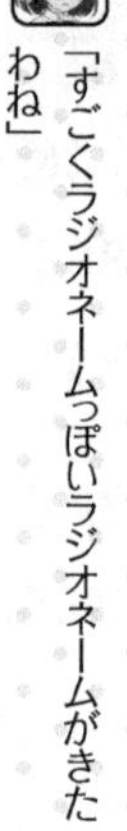

「すごくラジオネームっぽいラジオネームがきたわね」

「『やすやす、夕姫、おはようございます！』。はい、おはようございまーす」

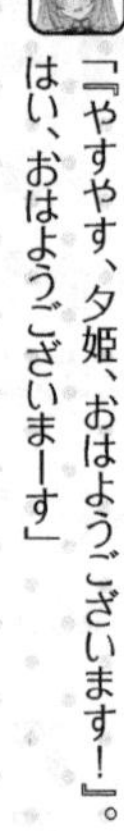

「おはようございます」

「『第73回の放送で、やすやすが成績を落としたせいで、担任から呼び出しを喰らった、という話をしていましたね』……。ええ……、なんでこれチョイスすんの……」

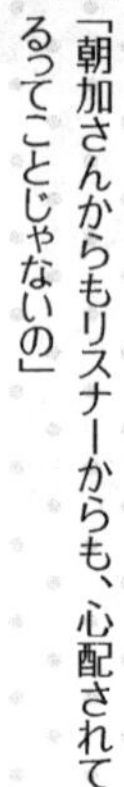

「朝加さんからもリスナーからも、心配されてるってことじゃないの」

「『あれから、やすやすはちゃんと勉強していますか？　受験生の自覚あるの？　今サボってあとで困るのはあんたやで？』……、う、うるせー！　オカンやめろー！」

「ド正論じゃない。あなた、本当にちゃんと勉強してるの？」

「うるさいな！　今やろうと思ってたの！」

「わたしまでオカンにするのはやめて頂戴」

「いやうん……、勉強は……。わかってるんだけどさ……」

「ちょっと。ちょっと……？　あなた、まさか疎かにしてるんじゃないでしょうね……？　ラジオで話をしておいて、本当にしてませんでした、だったら洒落にならないわよ……？」

夕陽とやすみのコーコーセーラジオ！

「ち、違うっ。そろそろまずいって自覚はあるから！　ちゃんとやります、はい……。受験生の自覚あります……」

「そういうことらしいので、みなさん許してあげてください。受験生に不安を与えるラジオで、申し訳ないわね。ちなみに、わたしはちゃんとしてます」

「あんた、こういうところ意外とちゃっかりしてるよなー……。腹立つ～……」

「わたしには、『全然勉強してないわ～』って言いながら、実はしてる、みたいな文化がないから。そもそも、友人同士で騙し合いをする意味もわからないけれど」

「それはあたしもわからん。でも、たとえば若――、クラスの友達とかだと、『全然勉強やってな～い！』って言ってて、本当にやってない子もいるよ」

「あぁ……、だれかわかるわ、それ。あの子は言いそうよね、正直に」

「勉強してるときは、『今回ちゃんとしてるから！』って報告してくるよ」

「言いそう……、いえ。これ以上はやめましょう。本当に声優とか関係ないただのクラスメイトの話だから」

「同じ学校、同じクラス感は出てるけどね」

to be continued……

「このままじゃまずいですよ。由美子さん、お母さん」

佐藤由美子は、針のむしろで担任の言葉を聞いていた。

教室の真ん中に学生机を四つくっつけて、担任と由美子の母が向かい合って座っている。

由美子は母の隣で、肩をすぼめていた。

机の上に広げられた、模試の結果が原因である。

現在、地獄の三者面談中だ。

「由美子さんの第一志望の大学は、彼女の学力に見合っています。由美子さんが真面目に勉強していれば、まぁ落ちないだろう、というレベルだったんですが……」

担任は、模試の結果に指を突き付ける。

「このままでは、非常にまずいです」

そうはっきりと告げてしまった。

由美子の母は困ったような顔でそれを聞いており、時折、由美子をちらりと見る。

気まずくて目が合わせられない。

なぜ、ここまで模試の結果が悪いのか。

答えは簡単だ。

勉強してなかったから。

特にここ数ヶ月は、『ティアラ』のことで奔走していた。そちらに集中していた。

それが終わってからは、オーディションのことで頭がいっぱい。

そのせいで受験勉強は、いつからか疎かになっていた。

それを担任はしっかりと指摘する。

「由美子さんがちゃんと勉強していれば、問題なく合格圏内だったんです。ですがここ最近、由美子さんの集中力は完全に欠けています。お母さんからも注意してあげてください。確かに由美子さんはお仕事があって大変でしょうけど、受験だって大切なんですから」

「はい……」

母娘ともども、担任から怒られてしまう。

勉強をサボってこの状況では、そうなるのも仕方がない。

どう考えても由美子が悪いので、居たたまれない気持ちでいっぱいだ。

最近気を抜きすぎ。ちゃんと勉強しろ。じゃないと大学受からんぞ。

今回の三者面談は、要約するとそういう話だった。


教室を出てすぐに、隣の母に目を向ける。

彼女はわざわざ、仕事の休みを調整して三者面談に来てくれた。

だというのに、娘のこの体たらく。

なんで勉強してないの⁉　というあまりに真っ当な理由で怒るだろうか。

ビクビクしていると、母は口に指先を当ててこちらに顔を寄せてきた。

「受験が終わるまで、ママが家事やろっか……？」

気遣われてしまった。

ある意味、怒られるより辛いかもしれない。

由美子は首を振って、正直な気持ちを明かす。

「いや、これはあたしの集中力の問題だから……、ごめん……」

使える時間を増やしたところで、それを有効活用しなければ意味がない。

もっと根本的な問題だ。

母もそれはわかっているので、「ちゃんとしなね」と一言言うだけだった。

その一言が、なにより重いのだけれど。

反省しながら、とぼとぼと廊下を歩く。

ほかのクラスでも三者面談を行っているため、廊下には何人も保護者の姿があった。

その奥から、見覚えのある二人組が歩いてくる。

由美子の母が先に反応し、ぱたぱたとふたりに寄っていった。

「あら。あらあらあら、千佳ちゃんと千佳ちゃんママ。お久しぶりです～」

母が声を掛けたのは、渡辺千佳と――、その母親だった。

千佳がそのまま年齢を重ねたような、スーツ姿の女性。

その隣で、千佳は子供らしく気まずそうにしている。

彼女はブルークラウン所属、芸歴三年目の女性声優であり、佐藤由美子のクラスメイトであり、『夕陽とやすみのコーコーセーラジオ！』のパーソナリティでもある。

千佳は普段と変わらない制服姿だ。

鋭い瞳が隠れるくらい長い前髪に、服装検査で全く注意されない優等生然とした格好。

しかし、ひとたび髪を整え、メイクをすれば美少女になることを由美子は知っている。

親子で並んでいると、ふたりはそっくりだった。

そんな仏頂面の二人組に、由美子の母は穏やかに微笑みかけた。

千佳の母は険しい表情を見せることも多かったが、今は遠慮がちに挨拶を返している。

「あ……、佐藤さん、お久しぶりです。以前は、大変お世話になりました。あんなに長い期間、千佳をお家に泊めて頂いて……」

「いえいえ、千佳ちゃんならいつでも大歓迎ですから～。千佳ちゃんママは――」

うふふ、と嬉しそうに笑う由美子の母に、ぎこちない笑みを返す千佳の母。

なにやら井戸端会議を始めてしまったので、千佳に手招きをする。

どうしていいかわからない顔をしていた千佳は、素直にこちらに寄ってきた。

彼女に耳打ちをする。

「あのさ……。渡辺って、ちゃんと勉強してる？　受験勉強って順調？」

さっきの三者面談が尾を引いている。

千佳は由美子よりも仕事が多いし、ティアラでもレッスンを熱心に行っていた。

もしかしたら、自分と同じ状況ではないか、と考えたのだ。

しかし、千佳は小さく首を振る。

「問題ないわ。というか、問題があったら困るのよ。わたしは役者をするときに『成績を落としたらすぐにやめる』って母と約束させられたから」

なるほど。

いかにも千佳の母が言いそうだ。

声優業を快く思っていない彼女なら、成績が落ちた瞬間にすぐさまやめさせるだろう。

千佳は声優業をこなしながら、きちんと勉学にも励んでいるらしい。

すごいな、と内心で感心していると、千佳は顔を寄せてきた。

「そういうあなたは大丈夫なの？　成績が落ちた、ってラジオで言っていたけれど」

全く大丈夫ではない。

実を言うと、問題は受験だけではなかった。

それでも由美子は、「大丈夫」と苦笑いすることしかできなかった。

佐藤由美子は、声優である。

チョコブラウニー所属、四年目の女性声優。

ここ一年くらいはそれなりに仕事が忙しく、ありがたく奔走していたのだが。

「……まずいなあ」

電車の騒音に紛れるよう、小声で呟いた。

電車に揺られながら、佐藤由美子はスケジュール帳を眺めていた。

知らず、ため息が漏れる。

佐藤由美子は、ギャルでもある。

半袖の制服を大きく着崩し、ブラウスのボタンも開けている。スカートだってかなり短い。

長い髪をゆるやかに巻き、派手なメイクとアクセサリーが輝いていた。

髪はイイ感じに決まって、メイクバッチリ、新しいネイルチップで気分はいいはずなのに。

スケジュール帳を見ていると、気分はどんどん沈んでいく。

何度見返そうが、スマホを確認しようが、スケジュール帳の空白は埋まらない。

由美子の仕事用のスケジュール帳は、ほとんど真っ白だった。

ラジオや単発のイベント、オーディションは記載されているが、それだけ。

アフレコの仕事が、ない。

ここにきて歌種やすみは、アニメのレギュラーはおろか、アフレコの仕事がまるきりなくなっていた。

その事実に、どうしようもないほどの不安を覚える。

「ん～……」

せっかくセットした髪を、くしゃくしゃにしてやりたい気分になる。

久しぶりだ、こんなにもチリチリと焦るような状況は。

ここまでは、順調に来られたのに。

去年から今年にかけて『幻影機兵ファントム』で重要なキャラを任され、『魔女見習いのマショナさん』や『ティアラ☆スターズ』で大きな役をもらえて。

特にティアラはライブがあったので、レッスンの分だけ忙しかった。

そこにアフレコ、ラジオ、そしてオーディション。その他もろもろのお仕事。

今までになく、忙しくさせてもらっていたのに。

「はあ……」

大きな大きな、腹の底から出るようなため息を吐く。

今期のアニメの仕事は、ゼロ。

それに焦るな、というほうが難しい。

「前までは……、こんな気持ちにならなかったけど……」

去年まで、こんな状況はザラだった。

順調だったのはデビューしたての頃だけで、仕事がない月も大して珍しくなかった。

ただ、ようやくその状況から脱したと思っていたから。

ここから仕事が増えるかも！　と期待していただけに、その落差に耐えられない。

一生懸命に走り回っていた日々が、遠くに見えた。

それに未練がましく手を伸ばすように、つい過去の仕事をスマホで調べてしまう。

たとえば、『魔女見習いのマショナさん』なんて、千佳と後輩の高橋結衣と三人で、力を合わせて壁を突き破ったものだけれど……。

「うわ……、結衣ちゃん……。また主人公役もらえたんだ……」

関連ワードで、高橋結衣の記事が引っ掛かる。

結衣がまた、主人公役に選ばれたというニュースだった。

作品名の隣に、誇らしく高橋結衣の名が輝いている。

「……いいなぁ～」

主人公。

由美子は今まで、そう呼ばれるキャラを演じたことがない。

なのに結衣は、二年目にもかかわらず『マショナさん』で初主演を務めたし、この作品を含めてこれからも演じていくのだろう。

——羨ましい。

由美子だって声優だ。役者だ。

『作品の主演をしたい』『主人公を演じてみたい』と羨望するのも、無理からぬ話だった。

けれど、現実はそんな段階ではない。

主人公どころか、ほかのキャラにも歌種やすみの声は吹き込まれなかった。

「うあー……、受験勉強もあんのになぁ～……」

ただでさえ焦るのに、三者面談で言われたことも効いている。

というか、受験勉強に集中できないのは明確にそれが関係していた。

仕事がないから、オーディションに受かりたい。オーディションに集中してしまう。そちらにばかり時間と集中力を持っていかれる。

結果、勉強ができない、と。

言い訳でしかないし、だからといって許されるわけじゃないけど。

ぐるぐる考え込んでいるうちに、電車は目的地に着いた。

整理できていない頭を抱え、電車から降りていく。

「…………………」

声優業を頑張りたい。それは絶対だ。

しかし、勉強をこれ以上疎かにできない。

担任にも母親にも、シャンとするよう言われている。
……いや大丈夫。自分だって、千佳のようにできるはず。両立できるはず。
自分に言い聞かせながら街を歩き、由美子は指定されたカフェに入った。
何とも雰囲気のいい、オシャレで静かなお店だった。
目的の人物は既に席に着いていて、コーヒーを楽しんでいるようだ。
彼女はこちらに気付くと、軽く手を挙げる。
そんなちょっとした仕草も、やけに様になっていた。
「悪いな、由美子。こんなところまで呼び出して」
マネージャーの加賀崎りんごだ。
洒落たジャケットを颯爽と羽織り、脚の長さがよくわかるパンツスタイル。
艶やかな黒髪を後ろで括っており、その辺の男より格好良い女性だ。
だというのに、丁寧に施されたメイクは彼女の色香をより強くしていた。
由美子は加賀崎オススメのコーヒーを店員さんに注文して、息を吐く。
大丈夫。両立できる。
迷いを断ち切ってから、早速本題に入った。
「加賀崎さん。次のオーディションって、決まってる？」
決まっているなら早く資料が欲しい、どんな役かを教えてほしい。

オーディションの準備をしたい。

そう思っての言葉だったが、加賀崎の反応は鈍かった。

ゆっくりとコーヒーを口に運んでいる。

「今期、あたしは仕事がないわけじゃん。今のうちにオーディションを受けて、次に繋げなきゃダメだと思うんだ。もっと頑張らなきゃ……、加賀崎さん？　聞いてる？」

切実な気持ちを伝えても、加賀崎は返事をしない。

カップをテーブルに戻してから、こちらに目を向けた。

そして、衝撃的な言葉を告げる。

「由美子。しばらく、オーディションを受けるのはやめないか」

「えっ……、な、なんで？　なんでそんな話になんの？」

唖然とする。

今、オーディションを受けて合格しないと、仕事は増えないのに。

仕事がなくて、由美子は焦っているのに。

その理由を、加賀崎は非常に端的な言葉でまとめた。

「由美子。お前、ちゃんと勉強してる？」

「…………………」

してない……、です……。

無言を肯定だと受け取ったのだろう、加賀崎はため息を吐く。

「そんなことだろうと思った。去年からファントム、マショナさん、ティアラ、と重めの仕事が続いてただろ。特にティアラは、自主練も相当入れていたし。もし、受験勉強が順調だったらこの言葉は取り下げるつもりだったが……、図星だったみたいだな？」

「まぁ……、ちょっと……。成績は、落ちた、かも」

「ちょっと？」

「だいぶ……」

消え入りそうな声で答えると、加賀崎は腕を組んでこちらを見た。

その目がお説教モードになっている。

「受験生だぞ、お前は。仕事を頑張りたいと思うのは大事だが、勉強だって大切だろ。自分で大学に行くって決めたんだから。りんごちゃんは心配だよ、まーた視野が狭くなって。もう諦めたけどな」

「うっす……」

保護者らしい加賀崎の言葉に、こうべを垂れるしかない。

母親の代わりに、しっかりと怒られてしまった。

加賀崎の言うことはもっともだと思う。

けれど由美子だって、はいそうですか、と引き下がれる状況ではなかった。

「でもでも、加賀崎さん。何も『オーディションを受けない』とまで言わなくてよくない？　今だって仕事なくて困ってるんだし……。減らす、くらいなら、わかるんだけど」

オーディションに合格したとしても、すぐに仕事に取り掛かれるわけではない。

今のうちに受けておかないと、後々の自分が困ってしまう。

それに、短期間であってもこの世界から離脱することへの恐怖があった。

声優業界は椅子取りゲームだというのに、悠長にしていていいのだろうか。

あの桜並木乙女でさえ、活動休止には心から怯えていたのに。

しかし、由美子の訴えに加賀崎は前かがみになった。

まっすぐに由美子の目を見て、はっきりと言う。

「由美子は大丈夫。今期の仕事がないのは、たまたまだよ。由美子は着実に力を付けているし、今は多種多様な役も受けてる。そこまで不安になることはないから。もう少し待ちな」

加賀崎は、力強くそう言った。

それだけで、由美子の不安は少しだけ軽くなる。

「じゃあ大丈夫か」とまで楽観的にはなれないものの、どちらにせよ加賀崎の意見を覆すことはできない。

「……そう？」

だから、由美子は引き下がる。

受験勉強が心配なのも事実だった。

由美子だけだったら、「受験が心配だから、オーディションはやめちゃおう！」なんて大胆な選択、とても実行できない。

切り替える、いい機会かもしれなかった。

そこで、加賀崎はふっと息を吐く。

背もたれに身体を預け、やさしい声色で尋ねてきた。

「今さらだが、由美子は何のために大学に行きたいんだ？」

「何のために？」

思わぬ質問に、由美子はたじろぐ。

戸惑いながらも、頭の中にある言葉を引っ張り出した。

「ええと……。大学生活が、いい経験になると思ったからだよ。それが、演技をするうえで役に立つと思ったから。それと、声優が上手くいかなくなったときの保険。加賀崎さんも、学歴はあって困るものじゃないって言ってたじゃん？」

大学進学を決めた理由は、そのふたつが大きい。

いろんな人に進路の相談をして決めたし、母も納得してくれた。

加賀崎はゆっくりと頷いてから、静かに話を続ける。

「いい考えだとは思う。ただ、ちょっと聞いてほしい。確かにあたしはそう言ったけど、この時代、大学に行っただけじゃ大きな保険にはならない。それはわかるだろ？　本気で保険として考えるなら、大学は最適解とは言えない」

それにな、と付け足す。

「大学生活は絶対にいい経験になる。だが、由美子が求める〝経験〟自体は、大学にこだわる必要はないんだ。そのうえで聞くけど。本当に大学生活が、由美子が一番望んだもの？」

その言葉に、由美子は困惑する。

それではまるで、進学自体を否定しているようではないか。

それが表情に出ていたのか、加賀崎は小さく首を振った。

「そうじゃなくてだな。由美子が勉強に身が入らないのは、大学に行く意味を見出してないからら。そんなふうに思えるんだよ。受験勉強は大変だからな、入りたい！　って思いは必要だと思う。だから、なぜ大学に行きたいのか、その理由を見定めるのも大事なんじゃないか」

「う、うん……」

思わぬ指摘に戸惑ったものの、加賀崎の話は至極真っ当だった。

由美子が大学進学を決めたのは、由美子自身の選択だ。

母は、「自分でよく考えて、出した答えに胸を張ってほしい」と選択を委ねてくれた。

言ってしまえば、進学しようがしまいが、由美子の自由。

どの道を選んでも、母はサポートする！　と宣言してくれている。

それならば、自分が何のために大学に行くのか。

改めて、それを考えるべきなんだろうか。

由美子が考え込むのがわかったのか、加賀崎はやわらかく微笑んだ。

「今期は、確かに仕事がない。けど、これをチャンスだと思えばいいよ。しっかり勉強をするための充電期間。大学に行く意味を探す期間。この際、一旦声優業と距離を取るのはいいことだとあたしは思う。仕事がない、って焦ってばかりじゃ辛いだろ。あ、もちろん今入ってる仕事はやってもらうがな。とにかく、勉強に集中しなさい。まずはそれからだな」

「わかった。加賀崎さんがそう言うなら、そうする」

「いい子だ」

由美子が頷くと、加賀崎はニッと笑う。

この数ヶ月間は声優業に掛かりきりで、視野が狭くなっていた。

加賀崎の「焦ってばかりじゃ辛いだろ」という言葉も、そのとおりだ。

加賀崎を信じて、勉強に集中して立て直す時期なのかもしれない。

……どうやら。

『歌種やすみ』はしばらくお休みになりそうだ。

あのあと、加賀崎とは楽しくおしゃべりしてから、帰宅した。

ご飯を作り、それをのんびり食べ、家のことをやってからお風呂に入る。

お風呂上がりに化粧水をぺたぺたと顔に染み込ませながら、時計を見た。

普段だったら、この時間辺りからオーディションの資料を読み込んでいる。

ふと顔を上げたら時計の針がびっくりするほど進んでいて、慌てて寝る準備をする――、というのも珍しくなかった。

それがなくなると、就寝時間まで随分と時間が空いている。

「まだこんな時間なら、勉強しよ……」

丁寧にスキンケアをしたあと、早速勉強に勤しむ。

しばらく黙々と勉強していると、スマホが着信を知らせた。

親友の川岸若菜だ。

スピーカーにすると、明るく元気な声がスマホから飛び出してくる。

『由美子、おっすー。今なにしてんの～?』

「勉強～。三者面談で成績戻せって怒られちゃった」

『ありゃりゃ。でもちゃんと勉強やってて偉い。そういうことなら、いっしょに勉強しようよ。お互い監視し合おうぜ』

「天才じゃん? 楽しいプチ勉強会が始まっちゃうな」

言いつつ、ビデオ通話に切り替える。

画面の中に見慣れた若菜の顔が現れ、手を振った。

由美子と若菜は、だれかといっしょのほうが勉強が捗るタイプだ。

時たま、思い出したように雑談を挟むことはあるものの、それ以外はふたりで黙々と勉強を進めていく。

そして、ちょうどいい時間に「そろそろ寝るね～」と若菜が言い出し、通話を切った。

今からでも十分に眠れる、健康的な時間帯だ。

それなのにしっかり勉強をした功績は、机上に残っている。

「やけに捗っちゃったな……」

頭を掻きながら、時計と勉強の跡を眺める。

なんというか、気も楽だった。

最近は勉強していても、頭のどこかに仕事のことがずっとちらついていた。

集中は明らかに欠けていただろう。

「加賀崎さんの言うとおりだなぁ……」

そうしみじみ感じながら、由美子は布団に入った。

程よい疲労感と充実感に、はあ～……、と深い息が漏れ出る。

あっという間に、穏やかな眠りへ落ちていった。

SENPAI YUHI KOUHAI YUI　第1回

「みなさんこんばんは！　ブルークラウン所属の高橋結衣です！」

「……みなさん、こんばんは。ブルークラウン所属の夕暮夕陽です」

「はい！　と、いうわけで！　ついに！　っ、ついについに！　始まっちゃいましたよ、夕陽先輩！」

「声うるさ……。あなたね、あまりミキサーさんに迷惑掛けるのやめなさいな。音量の調整するのって大変らしいんだから」

「いやぁ、高橋、興奮してしまって……、つい。ええと、タイトルコールいきます！　夕陽先輩、いいですか？　いいですね？」

「はいはい……」

「せーのっ」
「『夕陽センパイ結衣こうはい』！」

「……『夕陽センパイ結衣こうはい』」

「この番組は！　同じ事務所の夕陽先輩を大好きでしょうがない結衣後輩が、少しでも夕陽先輩と仲良くなるために始まった、とってもハッピーな番組です！」

「コンセプトがイカれてるわ。高橋さん、あなた関係者にどれだけ握らせたの？　そういうのは声優業界でもご法度のはずだけれど」

「人聞きが悪いことを言わないでくださいよぅ、夕陽先輩！　事務所が粋なことをしてくれたんじゃないですか！　いやもう、高橋、ブルークラウンに入ってよかったです！」

「わたしは不信感を募らせているけどね……。だれよ企画書出したの」

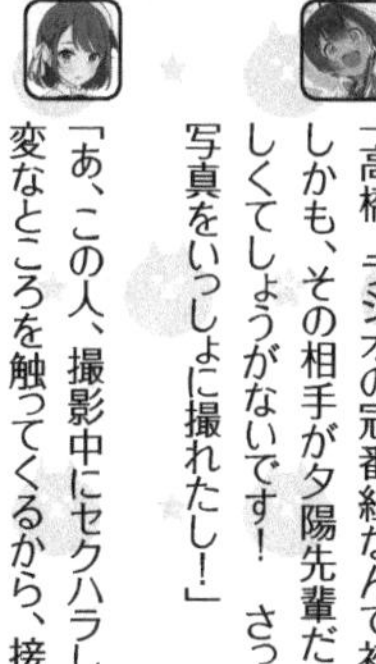

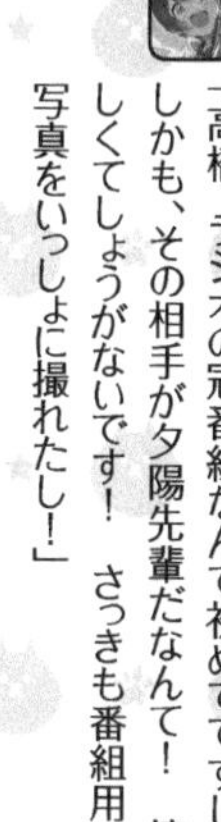

「高橋、ラジオの冠番組なんて初めてですし、しかも、その相手が夕陽先輩だなんて！　嬉しくてしょうがないです！　さっきも番組用の写真をいっしょに撮れたし！」

「あ、この人、撮影中にセクハラしてきました。変なところを触ってくるから、接触ＮＧにしてほしいです」

「や、やめてくださいよ！　風評被害です！　そんな変なところは触ってないです！」

「後ろから人のお腹をやたらと擦ってきたくせに、よく言うわ……。逆に性癖が出てて気持ち悪いのよ……。後輩にお腹を撫でられる人の気持ち、わかる？　ゾゾっとしたわ」

「ひ、ひどいです、夕陽先輩……！　そんな、そんなことまでバラさなくてもいいじゃないですか！」

「バラされて困るようなことをするんじゃないわよ。そうね、後輩の悪行を晒せる……、という意味では、この番組はありがたいかもしれないわ」

「まぁ高橋はだれに何と言われようと止まりませんけどね」

「こ、こわ……。なに、その覚悟……。あの、この番組を企画した人はちゃんと責任持ってくださいね……、獣を解き放ったのはあなたたちですからね……」

to be continued……

『夕陽センパイ結衣こうはい』の第一回収録が終了し、千佳はイヤホンを外す。

すると、向かいに座っていた結衣後輩——、高橋結衣が満面の笑みで口を開いた。

「お疲れ様でした、夕陽先輩！」

「はい、お疲れ様」

ニコニコと笑う彼女は、人懐っこい犬のようだ。

活発的な印象を与えるショートボブに、健康的な小麦色の肌。くりくりっとした瞳は可愛らしく、あどけない顔をしている。小さな身体なのにパワフルで、趣味が水泳なだけあって体力がある子だ。そのせいか、彼女の腕や脚は引き締まっていた。

今日は白のセーラー服を着ていて、裾からちらちらと白い肌が見え隠れしている。寒くなってきたら、きっと彼女はお気に入りの猫のスカジャンを着てくるのだろう。

ブルークラウン所属、高橋結衣。

年齢は千佳よりふたつ下、声優の芸歴としてはひとつ下の後輩である。

彼女はコロコロ変わる表情を疲労に変えて、大きく息を吐いた。

「はぁ～……、でも緊張しました。自分の番組なんて初めてなので。高橋、ちょっと空回ってましたよね？」

「……まぁ、確かに。高橋さん、少し掛かりすぎだったかもしれないわね」

収録中、肩に力が入っていた気はする。

別のラジオ番組で彼女と収録をしたことがあるが、そのときより落ち着きはなかった。

演技やダンスでは無二の才能を発揮する彼女でも、苦手なものはあるらしい。

それを自覚しているのか、結衣はガクッと肩を落とした。

「ですよね～……。でも夕陽先輩は、落ち着いていて、どっしりしていて、さすがでした。頼りになるなあって思ってましたっ」

にへらっ、と笑いながら、瞳に信頼を滲ませている。

高橋結衣は、夕暮夕陽を持ち上げすぎるきらいがある。

なので、適当に流そうと思っていたが、そこに第三者の声が飛んできた。

「そうだね。夕陽ちゃん、随分と落ち着いてた。安心して見られたよ」

放送作家、朝加美玲だ。

いつものスウェット姿で、おでこには冷えピタが貼ってある。

化粧っ気のない顔に、雑に括った前髪も定番だ。目の下のクマも。

どうやら彼女はまた番組を押し付けられたらしく、こうして作家として参加している。

声優ラジオも入れ替わりが激しいので、担当番組が増え続けるわけではないと思うが。

「…………」

朝加もパーソナリティのケアを欠かさないタイプなので、あまり言葉どおりに受け取るのは危険だ。

ただ、思い直してみると、落ち着いてはいたかもしれない。

ほかでもちょくちょくラジオに出演しているが、なにより『夕陽とやすみのコーコーセーラジオ！』の経験が大きい。

一年と半年近く番組を続け、今は七十回を超えている。

番組当初こそキャラを作って毒にも薬にもならない話をしていたが、今はそうではない。

積み重ねがきちんと成果を出しているらしい。

なんとなく誇らしい気持ちで彼女の顔を思い出していると、結衣がそこに触れた。

「でも高橋、この番組、頑張りたいんですよ〜。生意気なのは百も承知なんですけど、目標はやすやす先輩ですからっ」

結衣は両手をぐっと持ち上げていた。

若手のラジオ声優なら、弊社には柚日咲めくると夜祭花火というツートップがいる。

それなのに、なぜ歌種やすみの名前が出てくるのか。

千佳が訝しげにしていると、結衣は力強く答えた。

「だって、ラジオの相方としても、やすやす先輩って夕陽先輩と相性バッチリですもん！　悔しいです！　高橋だって、夕陽先輩の相方って言われたい……！」

ぐうう、と本気で羨ましそうにしている結衣。

それに、朝加は苦笑しながら答えた。

「まぁ、ふたりは安定してるしねえ。結衣ちゃんがやすみちゃんみたいになってくれたら、作家としては嬉しいかも」

さらりと言われてしまう。

千佳は由美子のことが嫌いだし、ラジオでもプライベートでも喧嘩ばかりだ。

それなのに他人から相方だの相性だの言われても、困ってしまう。

微妙な顔をしている千佳に、朝加は小さく笑みを浮かべた。

「胸を張っていいと思うよ？　夕陽ちゃんもやすみちゃんも、後輩からラジオの目標やお手本にされるようになったんだから。ふたりの努力の結果だよ」

さらにむず痒いことを言われてしまう。

確かに千佳自身も感じたことではあった。

現状で。

あくまで現状で、だが。

結衣よりも由美子のほうがパーソナリティとして優れているだろうし、息も合う。

やりやすさは段違いだ。

それは、手応えだって同じ。

わざわざ言うことではないし、番組が盛り上がるように千佳も全力を尽くすけれど。

しかし、夕暮夕陽に聡い結衣は、それを敏感に察知したらしい。

途端に目からは光が失われ、真っ黒な瞳でこちらをじっと見てくる。

「……夕陽先輩。高橋は、やすやす先輩にはとても敵わない、って。今思いましたね？」

「……思ってないわ」

「嘘です」

短く答えた結衣は、ズズズ……、とこちらに顔を近付けてくる。

こわ。

言ってはいないんだから、別にいいじゃない……。

「夕陽先輩はぁ……、本当にやすやす先輩のことが好きですよねぇ……」

好きじゃないんだけど……。

なんなの、この後輩……。

「結衣ちゃん。さっき撮った番組用のツーショット、いる？」

「えっ。欲しいです欲しいです、ありがとうございます朝加さん！」

困っていると、朝加が助けてくれた。さすがだ。

途端に結衣から黒いオーラが消えていき、ご機嫌にスマホを取り出す。

そうする中で、話題は別のものに変わっていった。

「そういえば高橋、この間、やすやす先輩とご飯に行ったんですけど」

結衣がさらりと言うが、千佳は内心で呆れていた。

相変わらず由美子は、だれかといっしょにいることが多いようだ。

しかし、続いた言葉はあまり穏やかなものではなかった。

「やすやす先輩、ちょっと元気なかったです。受験勉強が大変だから、ってことみたいですけど。心配になっちゃいました」

「…………」

千佳はそれに何も答えない。

元気がないのは、多分――、彼女の今の状況が原因だろう。

直接聞いたわけではない。

けれど、由美子が朝加や加賀崎、若菜と話す中で、どうしても耳に入る情報はある。

『歌種やすみは受験勉強に集中するため、しばらくオーディションを受けない』。

それが、由美子と加賀崎が出した結論らしい。

由美子は受験勉強が上手くいってないようだし、英断だと思う。

しかし、オーディションを受けなければ仕事は増えない。

焦りは出るだろうし、元気いっぱいというわけにもいかないだろう。

かといって、後輩の結衣にはさすがに事情を話せなかったようだ。

状況を把握している朝加は、静かに答える。

「わたしもやすみちゃんとお茶したときに、話を聞いたけど……。まぁそんなに心配することないよ。受験が落ち着いたら、バリバリ仕事も始めるだろうし。大丈夫だと思うよ」

千佳も同意見だ。

どうせ、放っておいてもすぐに帰ってくる。

今までだって、そうだった。

ボロボロになるくせに、結局それをバネにして大きく前進してしまう。

そして最後には、震えるような演技を見せつけてくる。

それが、声優・歌種やすみだ。

ぼうっとそんなことを考えていると、結衣がこちらをじっと見ていた。

「……夕陽先輩、別の女のことを考えてる！」

「そりゃそうでしょう……、やすのことよ……」

ていうか、なんでそんなことをいちいち言われなきゃいけないの？

早くも、コーコーセーラジオが恋しくなっていた。

♥

「いただきます〜……」

「はい、どうぞ」

由美子は、テーブルの向かいに座る彼女に目を向ける。

彼女は気まずそうに手を合わせたあと、箸を持った。

おそるおそる肉じゃがに箸を伸ばす。

ほくほくのジャガイモを口に含むと、表情がようやく和らいだ。

ゆっくりゆっくりと味わい、ため息が出そうな顔で飲み込む。

う、うまぁ～……。

そんな声が聞こえてきそうだ。

ここまで、しみじみ、という表現が似合う人はいないかもしれない。

ひねくれ者の彼女が表情だけ素直になる様を見て、由美子も頬を緩める。

すると、それに気付いた彼女が嫌そうにこちらを見た。

「あんまり人が食べてるところを見ないでほしいんですけどぉ。やすみちゃんのえっち～」

「はいはい、ごめんよ飾莉ちゃん」

御花飾莉。

ティーカップ所属、一年目の新人声優でありながら、由美子より年上の十九歳。

ウェーブの掛かった髪に、眠たげな瞳が特徴的な女の子だ。

今日は大きめのベージュのシャツを着て、下にはブラウンのロングスカートを穿いている。

なぜ、彼女が佐藤家で由美子お手製のご飯を食べているのか。

理由は簡単、久しぶりに泣きつかれたからだ。

『やすみちゃ～ん……、ご飯食べさせてもらっていい～……？』

そんなふうに連絡がきた。

飾莉は生活がカツカツらしく、食事事情があまりよろしくない。

だから、「うちにご飯食べに来なよ」と由美子が初めて誘ったのが、数ヶ月前の話。

それから本当にごく稀にだが、飾莉は佐藤家にご飯を食べに来ていた。

いつでも来てもらっていいのだが、あまり飾莉は佐藤家に寄りつこうとしない。

遠慮しなくていいのに、と伝えても、「そうじゃなくてぇ～……」と気まずそうにしていた。

その話を先輩の柚日咲めくるにすると、

『大方、あんたになびくのが怖いんでしょ。嫌ってるスタンスを取ってるだけに、そう簡単に陥落できない。そんなふうに意地張ってんじゃないの』と皮肉げに笑っていた。

自己紹介かな？　と由美子は思ったけれど、黙っておいた。

とにかく、飾莉が佐藤家に来るのは結構レアなのだ。

「おかわり、いる？」

「うん……、ありがと……」

空になった茶碗を指差すと、飾莉はおずおずと差し出してきた。

ご飯をよそっていると、飾莉が豚汁を口に含み、また「うまいぃ～……」といった顔でしみじみしていた。その姿を盗み見て、由美子は含み笑いをする。

千佳は「おいしい、おいしい」と嬉しそうに、わかりやすい表現をしてくれる。

あれを見ているのも飽きないし、由美子は好きだ。

そして、飾莉は飾莉でいいリアクションをしてくれる。

ふたりとも食べさせ甲斐があるなあ、と由美子は笑みを浮かべていた。

ふたりでのんびり食べ進めていると、飾莉がこんなことを言い出した。

「ねぇ、やすみちゃん～」

「声優ってさ～、急にオーディションとか入るでしょ？　あれって変わらないのかなぁ。ずっとあんな感じなの？」

なんとも新人声優らしい質問だ。

焼きサバの骨を抜き取りながら、由美子は答える。

「どうだろ。もっと上の人は違うのかもしれないけど、少なくともあたしはまだそんな感じだよ。来週行ける？　とか、明日行ける？　とか。もちろん、スケジュールNGにしておけば、その日は空けてもらえるけど」

「やっぱそうなんだ……、難儀な仕事だなあ。バイトのシフトがね、そうなってくるとキツくてさ～……」

げんなりと肩を落として、飾莉はお茶に手を伸ばす。

ここまで素直に、弱音を吐く飾莉も珍しい。

もしかしたら、突然の欠勤やシフトの件でトラブルがあったのかもしれない。

実際、新人声優とアルバイトの噛み合わせは非常に悪く、その手の悩みは尽きない。

飾莉は、ちらりとこちらを窺った。

「やすみちゃんも、予定組めないのって大変だったんじゃないの〜？　せっかくの高校生なのに、友達とも予定組みづらいだろうしぃ」

「まぁねえ。でももう慣れちゃったな。今はあたしが声優やってることをみんな知ってるし、そんな困ってないけど」

「うへぇ。異常だよ、それぇ〜」

異常と言えばそうかもしれない。

入るかどうかわからない仕事のために、できるだけ予定を組まないようにする。

予定が入っていても、仕事を優先するなら土壇場でもキャンセルする。

けれど、そんな生活を丸三年やって、今は四年目。

おかしな生活にも慣れるというものだ。

飾莉はため息を吐いて、再び肩を落とす。

「予定は組めない、家でやる仕事は多い、新人だともらえるお金も雀の涙……。外から見ると夢のある仕事だけど、なってみると夢のない仕事だなあ〜……」

「嫌になった？」

イジワルな質問をしてみた。

案の定、飾莉は嫌そうに唇を突き出す。

「なってませ～ん。ちょっと愚痴っただけですぅ。そうやって、すぐに新人を挫折させようとするのやめてくれます？　嫌な先輩だなあ」

いつもの皮肉たっぷりな言葉を投げ返してくる。

ご飯を食べて、少しは調子を取り戻してきたらしい。

そこで、彼女はふっと表情を戻した。

目を逸らしながら、独り言のように口にする。

「楽しいよ。充実してる。大変だとは思うけどね」

そうだよねぇ、と由美子は笑みを返した。

そんなことをぽつぽつ話しているうちに、どんどん皿が空になっていく。

「はぁ～……、ご馳走様でした」

飾莉は両手を合わせて、満足そうに息を吐く。

多かったかな？　と思うくらいだったが、飾莉はぺろりと平らげてしまった。

ここまで綺麗に食べてもらえると気持ちがいい。

食後のお茶を淹れていると、飾莉がなんとはなしに口を開いた。

「そういえば、やすみちゃん。夕暮さんと高橋さんがラジオを始めたんだって～？」

「あ～、そう聞いてるけど」

放送はもう少し先だが、ふたりのラジオ番組が始まる。その告知は見た。

結衣からも話を聞いている。

心底嬉しそうに、「夕陽先輩とラジオをやれるなんて夢のようです！」と身体を振っていた。

その場にはいないのに、千佳の嫌そうな顔が見えたくらいだ。

それがどうかしたの？　と尋ねると、飾莉はいやらしい笑みを浮かべた。

「や～、やすみちゃんとしては複雑なんじゃないかって。ラジオの相方が、別の人とラジオを始めちゃうわけでしょ？　人気出てほしくないなぁ、とか思っちゃったりする？」

満腹になって元気が出てきたのか、イジワルなことを言ってくる。

先ほどからかったのを根に持っているのかもしれない。

由美子だって千佳に負けず劣らず意地っ張りな自覚はあるし、関係をつつかれたら感情的に言い返すことだってある。

しかし、そう訊かれれば。

「まぁ思うでしょ、普通」

「え、そうなの？」

飾莉は意外そうに目を丸くする。

誤解のないよう、由美子は補足を加えた。

「まぁ人気出てほしくない、は言いすぎかもしんないけど。負けたくないなあ、とは思っちゃうじゃん？　こっちのほうが長くやってるんだし。人気出たら悔しい、と思っちゃうのは、そんなに変じゃないと思うよ」

「ふぅん。そっかぁ」

飾莉はつまらなそうに唇を尖らせる。

『はぁ？　そんなわけないでしょ。勝手にやってくれって感じだし、どうでもいいけど？』みたいな反応を期待したのかもしれない。

残念ながら、これは由美子の本心だ。

それなりに長くやっているだけあって、由美子にとってコーコーセーラジオは大切な番組になっている。

もっと人気が出てほしいし、続いてほしいとも思う。

なのに別の番組が始まって、すべてを掻っ攫ってしまったら、きっとがっかりする。

それは隠すことのない、由美子の本音。

ただ。

「…………………」

千佳が結衣とラジオを始めた、という事実には、思うところがあった。

別に由美子は、コーコーセーラジオまで休んでいるわけじゃないのに。

千佳がどこでラジオをやろうが、影響なんてないはずなのに。

千佳が結衣に連れられて、どこか遠くにいってしまうような感覚に陥った。

そこまで考えて、はっと笑う。

相方がラジオを始めるくらいで、なにをまぁ、感傷的になっているのだろうか。


由美子は飾莉に、声優のスケジュールってどうなの？　と訊かれ、今までのことを答えた。

ただ、飾莉に話さなかったこともある。

今の状況だ。

由美子はこの四年間、飾莉に伝えたような生活をしてきた。

入るかどうかわからない仕事を待ち、友人に予定を聞かれてもはぐらかしてしまう。

しかし、今の由美子は違う。

この四年間で、唯一と言っていい状況になっていた。

「ねぇ、由美子。しばらく仕事入らないんでしょ？　今週の土日、勉強会しない？」

朝、登校して教室に入ると、若菜が楽しそうに声を掛けてきた。

しばらく仕事がない、という話は伝えてある。

するとわかなは、こうして由美子の予定を嬉しそうに聞いてくるのだ。

今まで由美子は、こちらの都合で若菜にかなり気を遣わせてきた。

「お、いいよ。うち来る？　いっそうちに泊まって、夜通し勉強会やる？」

だから、こうして何も考えずに答えられるのが嬉しかった。

これが思った以上に快適で、快感だった。

いつもなら一度思案して、スケジュール帳を頭の中で開いたり、仕事の状況を確認してから返事をする。

けれど今考えるべき予定は、せいぜいラジオの仕事くらい。

真っ白なスケジュール帳は、いくら埋めても困らなかった。

「その言葉を待ってた！　やろやろ、お泊まり勉強会！　楽しみ～。あ、それと今日もどっか寄り道してこ？　ファミレスか何かで勉強しようよ」

「おっけおっけ。どこにしよっか」

すぐに返事をすることで、若菜が笑顔になるのがまた嬉しかった。

そんな話をしていると、クラスの女子たちが興味深そうに近付いてくる。

「由美子たち、今日どっかで勉強してくの？」

「わたしたちもそうしようと思ってるんだけど、合流しない？」

やろうやろう！　じゃあこの面子で行くか～。あ、じゃあ英語教えてほしい。あたし数学。

国語が壊滅的なんだが？　と盛り上がっていく。

ファミレスかファストフード店で、みんなで勉強会をすることが決まる。

学生らしい、放課後の過ごし方だった。

勉強が目的とはいえ、集まって、笑って、はしゃいで、友達といられて。

普通の高校生にはごく当たり前の時間かもしれないけれど、由美子にはその普通がとても貴重だった。

だから、すごく嬉しい。

——しかし、そこで。

ふと、由美子は千佳を見た。

別に、「千佳もいっしょに行くかな？」と思ったわけではない。彼女が行くわけがない。

ただ、気になってしまった。

「…………」

千佳は、席に着いて何かを書き記していた。

スマホを眺めながら、せっせと手を動かしている。

あの真剣な横顔から察するに、きっと仕事に関することだ。

以前も同じようなことがあった。

千佳が隙間時間に仕事をしているにもかかわらず、自分は友人と勉強会の話をしている。

それにモヤっとした思いを抱き、焦りが芽生えそうになった。

慌てて、そんな思いは頭を振って霧散させる。

今、考えるべきことではない。

「？　どしたん、由美子」

「いんや。で、今日はどこ行く？」

加賀崎から、しばらく学業に専念しろ、と言われている。

彼女を信じて、目の前のことをやるべきだ。

由美子はそっと、千佳から目を逸らした。

そこで、女子のひとりが「あっ」と声を上げる。

時間割表に目を向けていた。

「もしかしたら、今日無理になるかも……。ほら、今日の一時間目ってホームルームでしょ」

その言葉に、由美子たちは首を傾げる。

「ホームルームって……、関係あんの？」

「だってほら。今日のホームルームはさ――」


「今日は、文化祭の出し物について話し合いたいと思いまーす」

一時間目、ホームルーム。

教壇の前に立った学級委員長は、開口一番そう言った。

担任は隅で見守っているので、進行は彼女がするようだ。

委員長は三つ編みに眼鏡を掛けていて、制服の着方もそれなりに真面目。けれど、性格は見た目ほど固くない、冗談のわかる女子だ。由美子とも何度も遊んだことがある。

以前、由美子が真面目っ子の変装をした際、密かに参考にした子だった。

二年生から同じクラスだが、その頃から委員長でもないのに『委員長』と呼ばれていた。

そして、三年生で満を持して本物の学級委員長になっている。

委員長は白いチョークで黒板に、『三年一組の出し物』と書き記していった。

「わたしたちのクラスの出し物はどうしますかー。意見がある人は挙手してくださーい」

委員長の声に、何人かがすぐに手を挙げた。

しかし、委員長が当てる前に担任が「ちょっといい？」と口を挟む。

ゆるゆると手が下げられるのを見ながら、担任は緩やかに言葉を並べた。

「えー、確かに文化祭が近付いてるけども。三年のみんなは、気張らなくていいからね。みんなは受験生だから。そこは先生たちもわかってます。適当に使い回しの展示にして、受験勉強に励んでもらっても全然オッケーです」

いやむしろそうすべき、とでも言いたげな担任。

けれど、すぐに生徒から反論の声が上がった。

「え〜！　せっかく最後の文化祭だし、ちゃんとやりたいです！　高校生活最後ですよ！」

「そうだそうだー、展示なんてつまんないです！」

「むしろ受験勉強でストレス溜まってるんだから、ここで息抜きしたーい！」

生徒たちの反発を、担任は面倒くさそうに見ている。

由美子がなんとなく千佳を見ると、彼女も同じような顔をしていた。

だろうな、と笑いを噛み殺す。

「はいはい、わかりました。でも、ほどほどにすること。繰り返し言うけど、あなたたちは受験生なんだから。これで成績下がったら張り倒すからね。それと、質の悪い風邪も流行ってるから、活動するにしても気を付けること！」

そう言い残し、担任は委員長に手を向ける。

促された委員長は、それでは、と改めて声を掛けた。

クラスの出し物の案を募り始める。

生徒たちの意見は、あっという間に積み重なっていった。

「やっぱやるなら模擬店がいい」「俺、去年ホットドッグ屋やったけど、すげえ楽しかったよ」

「さんせーい。食べ物屋さんがいい〜」「模擬店いいじゃん」「教室にお客さん入れられるよね？　机並べればテーブルにできるし」「あ、模擬店っぽい。いいね」「なに作るかが問題だね」「簡単に作れるやつにしたほうがいいよな」「ら、ラジオ配信とかどうかな？」「木村、なんで？」

由美子も、クラスメイトの波に乗って意見を挙げていった。

せっかくやるなら、楽しくやりたい。

話はどんどん進んでいき、クラスの意向が『模擬店』に固まっていく。

しかしそこで、黒板にチョークを走らせていた委員長がくるりと振り返った。

「待って待って。結構本格的な話になってきてるけど。模擬店って、みんな準備できるの？負担が大きいのは無理でしょ？　先生に張り倒されちゃう」

担任の目が光っているだけに、委員長の心配も当然だ。

だが、何人かが力強く手を挙げた。

「模擬店やるなら、準備やるよ」と言い出し、わたしも俺も、と声が重なったのだ。

毎回は手伝えないけどできるだけ手伝う、当日のシフトは任せて、といった意見も出てきた。揃って前向きで、人手は十分に足りそうだ。

由美子も手伝う気満々だった。

これだけみんなのやる気があるのなら、模擬店だって問題なくできそう。

そうやって盛り上がる中、ひとりの女の子がゆるっと手を挙げる。

委員長といつもいっしょにいる女子で、みよっちと呼ばれている子だ。

「いいんちょー。演劇やりたいって、言わなくていいの？」

彼女の言葉を受けて、委員長は途端に気まずそうな顔になった。

恥ずかしそうに、「余計なことは言わんでよろしい」と眉を顰める。

「なに、なんで演劇？」

由美子がみよっちに問いかけると、彼女は明るい調子で委員長を両手で指差した。

「いいんちょ、演劇同好会。実はあたしも。で、委員長は演劇やってみたい、って言ってた」

その言葉で、教室が少しだけざわめく。

「委員長、演劇部だったの？　みよっちも？」「知らなかった」「うちに演劇部ってあったんだ」「見たことないな」「文化祭にも出たことないよね」「部ではできないから、クラスで演劇やりたい感じ？」「委員長、どうなの〜？」

いくつか質問が飛んできて、委員長はますます気まずそう。

頭を振って、そっけなく答えた。

「部じゃなくて、同好会だし。みんながやりたいなら演劇もありだと思うけど、やりたいのは模擬店でしょ？　わたしも演劇は好きだけど、別にやりたいってわけじゃないから」

明らかに照れ隠しが混ざっているが、彼女の言うことももっともだ。

今の流れは、ほぼ満場一致で模擬店。

演劇に興味がある人もいるかもしれないので、強く主張したら変わるかもしれないが。

そこで由美子は、やっぱり千佳を見てしまう。

劇団出身の千佳なら、演劇ではその演技力を存分に見せつけてくれるだろう。

ピカピカのステージの上で、観客を魅了するかもしれない。

……それはちょっと、観てみたい。

肝心の千佳はさして興味がなさそうに、ぼんやりと前を向いていた。

『はい。演劇をやるなら、わたしは賛成だわ。わたしも出演したい』

ピン、と手を伸ばし、そんなふうに言う姿はありえなさそうだ。

由美子がおかしな想像をしていると、若菜がこちらに顔を向けた。

「由美子は？　演劇やるなら、由美子は興味あるんじゃない？　あ、でもプロだからこういうのって出ちゃダメなのかな」

「いや、そういうのはないと思うけど。でも、プロって言ってもあたし声優だしさ。演劇なんて、全くやったことないよ。自信ないかなぁ」

興味があるかないかで言えば、あるけれど。

とてもクラスを巻き込んでまで、やる勇気はない。

それは委員長も同じなのかもしれない。

そこで視線を前に戻すと、委員長がなぜか由美子をじっと見ていた。

「……？」

しかし、彼女はそこで目を逸らし、パンパンと手を叩く。

「はいはい。話戻すよ〜。やるのは、模擬店でしょ。で？　なに作るの？」

そうして、『演劇』の話はなかったことになった。

出し物は模擬店。

様々な意見が出たが、最終的に焼きそばを作ることになった。

さらにそこから詳細を決めていくが――、ふと、男子のひとりがこんなことを言い出す。

「待って、うちのクラスって佐藤さんと渡辺さんがいるじゃん。ふたりにフロアに立ってもらったら、めちゃくちゃお客さん入るんじゃないの？　有名人なんだし」

そんな不用意な発言で、由美子と千佳に注目が集まる。

案の定、千佳は死ぬほど嫌そうな顔をして、その男子を睨んだ。

おお、こわ。

相変わらず、目つきが悪い。

睨まれた男子は見るからに怯んだ様子で、視線をきょろきょろさせ始める。

千佳の眼光は本当に鋭いし、慣れてないと受け止められないだろう。

仕方なく、由美子が口を開く。

「別にいいけどさ。声優としてあたしら使ったら、事務所から請求飛んでくると思うよ」

男子がさらに怯んだような顔になる。

それに加えて、周りから「そういうのやめなよ」「今のはよくない」と批判が集まった。

まぁ、彼をこのまま悪者にするのも忍びない。

由美子は、バンっと机を叩いた。

「というか、焼きそば作るんだったら、あたしがキッチンやるっつーの」

由美子の発言に、若菜たちクラスの女子は強く同調した。

「それは確かに」「由美子に料理させないのはありえんな」「料理、一番上手いだろうし」「慣れてる人がいるのはマジで心強い」「ぶっちゃけ、うちのママより上手いからな」と声が重なり、男子が「そうなの？」と顔を見合わせていた。

ちょっとしたトラブルはあったものの、話し合い自体は順調だ。

むしろ、とんとん拍子に話が進んだせいで、決めるべき事柄が増えていく。

ホームルームの時間だけでは、まとめられなかったくらいだ。

「それならもう、今日の放課後から準備を進めちゃおうか」

ホームルーム終了間際に委員長がそう言い出し、放課後に残れる人を募った。

由美子は若菜たちと顔を見合わせ、「どうする？」と無言で問いかける。

全員、「やりたい！」と顔に書いてあった。

どうやら、今日の勉強会はお流れになりそうだ。

その日から文化祭の準備が始まり、毎日だれかしらが放課後に残るようになった。

文化祭は十一月、しかし今はまだ九月。

早い時期から始めて、受験に支障が出ない程度にやっていこう、という話になったのだ。

担任が言ったように、あくまでほどほど、ゆっくりゆっくりだ。

放課後になると、委員長が号令をかけるのが恒例になっていた。

「今日も文化祭の準備をしまーす！　残れる人は残ってくださーい。無理のない範囲で！」

言葉を付け足したにもかかわらず、はーい、と手を挙げる人の多いこと。

そして、その中に由美子もいた。

「由美子、今日も残っていくんだ？」

若菜が隣にやってきて、肩に顎を載せてきた。

そう言う彼女も参加組だ。

「ん。勉強はちゃんとやってるし、拘束時間も長くないしね。あと、こういうのに参加できるのが楽しくてさ」

つい、気の抜けた笑みを浮かべてしまう。

今までは、あまり学校行事には関わらないようにしていた。

声優の仕事が最優先だったから。

こんなふうに学校に残ったり、みんなで準備するなんてこと、今までなかった。

元々みんなといると楽しくなる性格だけに、今は充実感でいっぱいだ。

「そっかそっか。最近由美子、すごく楽しそうだしね。よかったよ」

若菜は、やわらかい笑みをこぼす。

思わず、由美子は自分の頬に手をやった。

そんなに違うだろうか？

だが、その疑問はすぐに吹き飛んでしまう。

なんと、文化祭の準備に千佳が参加していたからだ。

「ありゃ。渡辺ちゃんも残っていくんだ。珍しいね」

若菜はそう言うや否や、千佳の元に寄っていく。由美子もあとを追った。

千佳は教室の隅で、ぼうっとほかの生徒を眺めている。

「やっほー、渡辺ちゃん。渡辺ちゃんも残っていくんだ？」

その問いかけに、千佳は「えぇ」と短く答えた。

彼女は協調性がある人間ではない。

強制参加ならともかく、任意ならこういった集まりは避けるタイプだ。

由美子は、疑問といっしょにいつもの憎まれ口を投げ掛けた。

「どういう風の吹き回し？　あんた、こういうの毛嫌いしてるくせに。宗旨替えでもしたの？　陰気な自分に嫌気が差した？　新しい懺悔の形？」

「出たわ。あなたのそういうところ、本当に嫌い。わたしが参加してもしなくても、無意味にやかましいわね。人の行動にいちいちはしゃぐのやめてくれない？」

舌打ちとともに、千佳は睨みつけてくる。

すっかり慣れている若菜は、まぁまぁ、と穏やかに仲裁しながら、千佳に尋ねた。

「悪い意味じゃなくて、単純に気になったんだよ。みんなは好きで残ってるから、渡辺ちゃんが後ろめたくて～、とか無理してたらやだなって」

「渡辺はそんな繊細じゃないでしょ」

「由美子～？」

由美子が茶化すと、若菜に怒られてしまう。

しかし、素直な若菜の言葉に、千佳も毒気を抜かれたようだ。

軽く首を振って、「そういうわけじゃないわ」と続けた。

「今やってる作品に、文化祭のシーンが出てくるの。そしたら監督に、『あなたは学生だから、この辺りの感情は共感できるよね？』と言われて……、全く答えられなかったのよ……」

千佳は苦虫を嚙み潰したような顔になる。

だから、今日はわざわざ残ったらしい。

「そういうことね。負けず嫌いのあんたらしいわ。……ん」

由美子が納得していると、なぜだかそこで胸がちくりと痛んだ。

胸の中で、ぼやぁっと小さな火が起こる。

由美子が疑問に思いながら胸を擦っていると、若菜は「へぇ～」と感心の声を上げた。

「声優さんって、大変だなあ。ま、そういうことならいっしょに準備しようよ。楽しいよ」

朗らかに笑う若菜に、千佳の表情も緩む。

「そうね。わたしは初めてだから、いろいろと教えてもらえるかしら」

そんなふうに、やわらかい言葉も出てくる始末。

なんか、若菜相手には随分とやさしいな？

態度が違いすぎて、由美子はつい千佳をつついてしまう。

「なに。渡辺、やけに若菜には素直じゃん。そういう態度ができるなら、普段からそうしたらいいのに。出し惜しみしてんの？　素直さのデフレを気にしてるなら杞憂だよ」

「わたしの態度が悪くなるのは、佐藤が突っかかるからでしょう？　わたしだって、誰彼構わず噛みつくわけじゃないわ。あなたのようなお猿さんといっしょにしないで。あぁ、今まさに噛まれているけれど。わぁ痛い痛い」

「こいつ……。あんたこそすぐ人に噛みつくでしょ。この前、クラスの男子にめちゃくちゃ睨み利かせてたじゃん。すーぐ睨む。それで噛みついてないってのは、無理ありませんか～」

「は？」

「あ？」

いつもの口喧嘩を、まぁまぁまぁ、と若菜がなだめる。

ふん、と顔を逸らす千佳に、由美子はさらに言葉を投げ掛けようとして。

若菜が由美子の背中をぽんぽんと叩いた。

顔を近付けて、小声で囁いてくる。

「由美子も、はしゃぎすぎだよ。渡辺ちゃんが残ってくれて嬉しいのはわかるけど、イジワルしすぎると嫌われちゃうよ？」

「……待って、若菜。なに。え、なにそれ。人を小学生男子みたいに言わないでくんない？」

おかしな誤解に慌てて若菜を呼び止めるが、彼女は聞く耳を持たない。

若菜は千佳の肩に手を置き、そのまま連れて行ってしまった。

「ささ、渡辺ちゃん。わたしたちは飾りつけの準備をしよう。スーパーからもらってきた段ボールに絵を描くんだよ。焼きそばの絵～。渡辺ちゃんって、絵は描ける？」

「え、えぇ……。描けるけれど。佐藤はこっちに参加しないの？」

「由美子はあれで結構絵が下手だから」

「あぁ、それは知ってる。ラジオでもよく微妙な絵を描いてるわ」

「…………………」

好き勝手に盛り上がる千佳たちだったが、実際由美子には絵心がない。

若干悔しい思いをしながら、別の準備に参加することにした。

途中で、「お、渡辺ちゃん、絵上手い！」という声が聞こえて、さらに悔しい思いをしたが、どうにか無視する。

そうしてみんなで作業しているうちに、日は暮れていった。

外は徐々に暗くなり、照明が教室の中を明るく照らす。

ずっと聞こえていた運動部の声も、すっかりなくなった頃。

「お～い。その辺にしときなよ～」

様子を見に来た担任が、そう言い放った。

その一言で、そそくさと片付けの準備が始まる。

「あ、ごめん。由美子に渡辺さん。手が空いてるなら、これ片付けてもらっていい？」

段ボールをまとめていた委員長に、声を掛けられる。

飾りつけの段ボールは、量も多いので教室に置いておくわけにはいかない。

なので、毎回空き教室まで運んでいた。

由美子と千佳が指名されたことに、深い意味はないだろう。

断る理由もなく、ふたりで段ボールを小脇に抱えた。

廊下に出ると、外の暗さがよくわかる。

既に陽が沈みかけていて、夕焼けの色が少しずつ消え入るところだった。

ふたり並んで、無言で廊下を歩いていく。

すると、千佳がこんなことを言い出した。

「こういう時間は、きっと貴重なんでしょうね。なんとなく、青春ってこういうものかしら、って思ったわ」

「あんたが青春を語るとはね」

混ぜっ返してしまったが、その気持ちは由美子にもわかった。

クラスメイトと遅くまで教室に残り、文化祭の準備をする。

制服姿のまま、笑い声を上げながら準備に奔走する。

静かな昂揚感。

日常の延長にある、非日常感。

これが青春なんだろうな、と思うのもわからないでもない。

「あんたも、少しは理解できたんじゃない？　文化祭の準備をする人たちの気持ち。よかったじゃん。演技に活かすわけだし、あたしらに感謝したら？」

「ん……、そうね……。確かに理解はできたかもしれないわ……」

「…………」

憎まれ口を返されると腹が立つのに、流されるのはそれはそれで寂しい。

なんとも勝手だが。

千佳が考え込んでいるうちに、空き教室に辿り着く。

由美子が元あった場所に段ボールをまとめていると、千佳は窓の外に目を向けていた。

この非日常的な空気が、きっと彼女を感傷的にさせたのだろう。

暗い空を眺めながら、千佳はぽつりと呟いた。

「わたしはきっと、普通の人が思い描くような青春は送ってこなかった。だから気持ちがわからなかったけど。でも、わたしの青春は別の場所にあるから」

あぁ、とため息が漏れてしまう。

それはこの学校で唯一、由美子だけが共感できる感情だった。

ピリピリした空気を感じながら、マイクとモニターを前に挑むアフレコ。

放送作家といっしょに組み立て、しゃべりを積み重ねていくラジオ。

たくさんのサイリウムが揺れる、ライブ会場。

汗だくになったレッスンルーム。

少しでもいい演技にするため、台本と睨めっこし続けたあの時間だって。

彼女の青春は、きっとそこにある。

「それはきっと、あなたもでしょうけど」

千佳がこちらに顔を向けて、由美子は黙り込む。

みんなとワイワイ文化祭の準備をするのは、間違いなく青春の一ページだ。

けれど、ふとしたときに。
身を削られるような、あの張り詰めた空間を思い出す。
あの険しい道を歩くのが、自分たちの青春だ、と千佳は主張している。
「…………」
少し前なら。
由美子はそれに疑いもなく、頷いた。
そうね、と一言言って、それだけで気持ちが通じ合うのが伝わって。
ただ、それだけでよかった。
だけど。
だけど、今は。
「お姉ちゃんはさ……」
由美子は言いかけて、やめる。
千佳は怪訝そうな顔をして、こちらを覗き込んできた。
自分でも何を言いたかったのかわからず、「なんでもない」と手を振る。
先ほど千佳がしたように、由美子も窓の外に目を向けた。
そこには暗い空と、わずかに残った夕焼けの色がある。
由美子はただ黙って、それを見つめた。

そんな静かな時間を、空き教室で過ごしたあと。

教室に戻ると、ほかの生徒も片付けを終えていた。帰り支度も済んだようだ。

若菜たちがぶんぶん手を振ってくる。

「由美子～！　今からスーパーに寄って行こうって話になったの！　焼きそばの材料が安く買える店があるかもって！　ついでに買い食いしてこ！」

若菜の周りには女子生徒が集まっていて、「お腹すいた～」やら「甘いもの食べた～い」と笑っていた。

どうやら、楽しい時間はまだまだ終わらないようだ。

当然、由美子は「行く行く」とふたつ返事する。

「あ、渡辺ちゃん。渡辺ちゃんも行かない？」

若菜が千佳にふんふん、と嬉しそうに寄っていって、誘いをかける。

もしかしたら、若菜の誘いなら千佳も応じるかもしれない。

由美子はわずかにそう感じたが、千佳はあっさり断っていた。

「いえ。わたしはやめておくわ」

「そ？　じゃ、また明日ね～」

若菜はさして残念そうでもなく、別れの挨拶を返していた。

千佳は鞄を持つと、そのまま無言で教室を出て行く。

廊下に冷たい足音が響き、少しずつ遠ざかっていった。
何かあるわけでもないのに、由美子はその足音をずっと聞いていた。
「よぉし、まずどこから寄ってく？」
だれかがそう言い出し、ガヤガヤと騒がしいままに大人数で廊下に出た。
全員で制服のスカートを揺らしながら、校舎内を歩いていく。
夜の学校はどこか特別感があり、昂揚感が共有されていた。
「こういうのって、やっぱり楽しいねぇ。ねぇ由美子」
だれかの冗談でおかしそうに笑ったあと、若菜は満面の笑みで由美子を見る。
くだらないことで腹を抱えて、くるし～！　と隣の子の肩を叩く。
気付かぬうちに、由美子も大口を開けて笑っていた。
賑やかに、穏やかに、普通の高校生の放課後は回っていく。
「そうねえ。こういうのもいいよね」
肩の力は完全に抜けていて、心から笑い、身体は綿のように軽かった。
受験勉強は大変だけど、やればやるだけ前に進めた。
大急ぎで取り返しているうちに、受験への不安は徐々に小さくなっている。
暗闇の中を、やみくもに歩く感覚はもうない。
広がるのは充実感のある生活。

だからこそ、由美子(ゆみこ)はこう思っていた。
青春してるなあ。

Talent Profile

御花飾莉

Kazari Ohana

生年月日：20××年12月24日

趣味：カラオケ・寝ること

出演情報

【TVアニメ】

『ティアラ☆スターズ』メインキャラクター（大河内亜衣）

【ゲーム】

『ティアラ☆スターズ』大河内亜衣

【ラジオ】

『ティアラ☆スターズ☆レディオ』

担当から
ひとこと

おっとりした可愛らしい天然系で、
ラジオでは笑いと癒しを与える声優です！
『ティアラ☆スターズ』ではメインキャラを演じ、
作品の中だけではなく、ライブやラジオでも活躍中です。
新人なのでフットワークも軽く、
イベントやライブなどの出演も大歓迎です！
まだ経験は浅く、出演作も少ないですが、
やる気に溢れた我が事務所屈指の期待の新人です！

SNS ID：hanakazari-1224

NARASHINO 習志野プロダクション production

Talent Profile

羽衣 纏

Matoi Hagoromo【はごろも　まとい】

生年月日	19××年9月27日
趣味	映画鑑賞・ライブ鑑賞
SNS ID	hagoromo-matoi

出演履歴

▶【TVアニメ】

『ティアラ☆スターズ』メインキャラクター(芹川苺)

『キャンプに行こう！』サブキャラクター(学生A・クラスメイトC)

『断崖絶壁のバルバロッサ』サブキャラクター(トルワ)

『やっぱりそれってどーすんの!?』サブキャラクター(謎の主婦)

▶【ゲーム】

『ティアラ☆スターズ』芹川苺

『パン娘』パニーニ

『レッドマウンテン』ウララ・ウラーラ

▶【ラジオ】

『ティアラ☆スターズ☆レディオ』

『習志野プロのならしていこう！』アシスタント

担当コメント

社会経験を経ているので落ち着きがあり、理解力と応用力が大変に優れています。
何より一年目とは思えない演技力があり、新人の中で群を抜いています。
声域も演技の幅も広く、経験と才能で様々な役に対応しており
デビュー作である『ティアラ☆スターズ』を始め、既に出演作も増えております。
いずれこれからを担うであろう、自慢の新人です。

連絡先

習志野プロダクション
TEL:00-0000-0000　　SNS ID:0000000000

NARASHINO production

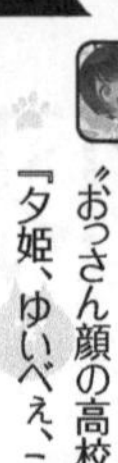

SENPAI KOUHAI YUHI YUI 第3回

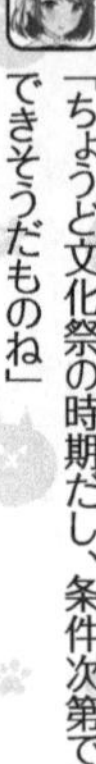

「それでは、ここでメールを一通読みます！　〝おっさん顔の高校生〟さんから頂きました！　『夕姫、ゆいぺぇ、こんばんは！』」

「はい、こんばんは」

「『先日、僕の高校で文化祭が行われました。青春って感じで、とても楽しかったです。おふたりは、文化祭の思い出ってありますか？』……、だそうです！　どうですか、夕陽先輩！」

「ないです」

「ないそうでーす！　じゃあ高橋が語りますね！　うちの高校は――、って、なんでしょうか。朝加さん。あ、特定されないように気を付けて？　そうですね！」

「ちょうど文化祭の時期だし、条件次第で特定できそうだものね」

「まぁでも、うちは一般公開してないですからね。楽しいと言えば楽しいですけど、やっぱり学校行事感が強いです。一般公開している学校が羨ましいですね！」

「わたしはもう高校特定されてるから言っちゃうけど」

「わあ！　突っ込みづらいです、夕陽先輩！」

「うちは一般公開してるから、ある程度は盛り上がるわね。模擬店を開くクラスや部もあるし。チケット制だから規模は小さいはずだけど、それでもね」

「あぁ〜、いいですねぇ……。文化祭〜！　って感じがします。でもチケット制なんですね。それって、抽選に申し込むんですか？　何かにシリアルついてきます？」

夕陽センパイ 結衣こうはい

「声優イベントやライブじゃないんだから……。生徒にチケットが配布されるから、来てほしい人に渡すのよ。友達や家族とかに」

「えっ。なら高橋も、夕陽先輩からチケットもらったら行けるってことですか？」

「あげないけど」

「えぇ～！　くださいくださいください！　高橋も夕陽先輩の高校行ってみたいです！」

「声うるさ……。嫌よ。なぜ自分の学校に、事務所の後輩を招かなくてはならないの……」

「えぇ、いいじゃないですか～！　見たいですよぅ、夕陽先輩の学校！　教室！　クラスメイトの方々！」

「嫌」

……………………

「まぁ夕陽先輩がくれないなら、やすやす先輩を頼るだけですけどね」

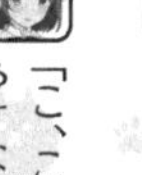

「こ、この子……、余計な知恵を……。確かにやすならくれるでしょうけど……」

「ええと、いつでしたっけ？　スケジュール……、あ、あぁ！　しまった……、この日、高橋、仕事入ってます……」

「あぁそう……。よかったわ。おかしなことにならなくて」

「……」

「……ちょっと。本気で落ち込むのやめてくれない？」

to be continued……

第三回の『夕陽センパイ結衣こうはい』の収録が終わり、千佳はイヤホンを外す。

その瞬間、結衣は机に顎を載せた。

残念そうに、「夕陽先輩の高校、行ってみたかったですぅ～……」と暗い声で呟いている。

「……高校の文化祭よ？　あなたが思っているより、よっぽど地味だと思うけれど」

千佳が怪訝そうに答えると、結衣はガバッと身体を起こした。

無念そうに理由を語る。

「そうじゃなくてぇ。夕陽先輩、来年には高校卒業しちゃうじゃないですか。夕陽先輩が高校にいるところなんて、もう見られないんですよ。一度でいいから、夕陽先輩がいる高校に行ってみたかったんですよ～」

むう、と結衣は唇を尖らせている。

わかっていたことだが、彼女は本当に夕暮夕陽が好きらしい。

一般的に彼女は、『かわいい後輩』に該当するのだろうけど。

人付き合いが得意でない千佳は、そこまで深い好意を見せられると怯んでしまう。

「…………」

それに、少し思うところもあった。

高校の文化祭。青春。思い出。

それらは千佳には、あまり縁のないものだ。

しかし、それでいいと思っている。

由美子に伝えたように、自分の青春は別の場所にあるからだ。

それは、由美子も同じ。

……そう、思っていたのだけれど。

佐藤由美子は、違うのだろうか。

彼女は今の場所で、だれよりも明るく、楽しそうに、周りを照らすように笑っている。

学校行事となれば特別感は増し、その輝きはさらに強くなった。

そんな彼女の背中を見ていると、落ち着かない気持ちになる。

由美子は、千佳の「あなたもでしょうけど」という言葉に頷かなかったから。

千佳が物思いに耽っていると、朝加がフォローするように口を開いた。

「夕陽ちゃんって、来年は大学生でしょ？　それなら結衣ちゃん、大学の文化祭に行ったら？　一般公開する大学は多いし、大体は高校より大規模だよ。部外者も入りやすいし」

その言葉に、結衣はぱあっと表情を明るくさせた。

パンッと両手を合わせ、「いいですねっ」と喜んでいる。

嬉しそうに千佳に顔を寄せてきた。

「じゃあじゃあ、夕陽先輩！　大学生になったら、高橋を文化祭に呼んでくださいねっ」

無警戒な子猫のように、結衣は笑顔を向けてくる。

千佳は肩の力を抜きながら、彼女に答えた。

「わかったわ。大学の学祭って、声優のトークショーも結構あるものね。高橋さんを呼べるように動いてみるわ」

「それ仕事じゃないですかぁっ」

結衣の悲鳴のような声が、ブース内に響いた。

♥

由美子たち三年一組は放課後、毎日のように文化祭の準備を行っていた。

準備は順調だった。

いや、順調すぎた。

「……はい。えー、しばらく文化祭の準備でやることはありません」

ある日の放課後。

委員長がみんなの前でそう宣言した。

今日もいつもどおり、放課後にみんなで作業をしていたのだが。

豊富な人手で準備を進めていた結果、本日でやることが綺麗に片付いてしまった。

「いやあ……。みんな張り切ったよねえ」

由美子が教室を見渡すと、すっかり模擬店の準備が仕上がっている。

教室や廊下の飾りつけ、看板など、必要なものは大体作り終えてしまった。

これらを組み立てるのも、焼きそばの準備をするのも、前日までお預けだ。

すなわち、現状でできることはほとんどない。

「うへえ。じゃあ、これからはしばらく勉強漬けかぁ～」

若菜がげんなりしていると、周りのクラスメイトが「いい気分転換になったな～」「楽しかったよねー」と口にする。

みんな、受験勉強のストレスの捌け口にしていたらしい。

ただ、由美子には気になることがあった。

「いいんちょー。準備はもういいにしても、調理班は一回くらいゲネ……、テストで焼きそば作っておきたくない？」

三年一組は教室の中でホットプレートを使い、焼きそばを作ってお客さんに提供する。

さすがにそれを、ぶっつけ本番でやるのはいかがなものか。

その不安は調理班みんなが抱えていたようで、「やりたいやりたい」「由美子、作り方教えてよ」「一回、試しに作ってみよー」と声を揃えた。

委員長は三つ編みを揺らしながら、こくんと頷く。

「そうね。じゃあ一度、教室で作ってみましょ。先生には許可取っておくから」

そんな頼もしい委員長の言葉により、文化祭のリハーサルが始まった。

担任からは「早すぎない？」と渋られたそうだが、そこは委員長が粘ってくれたらしい。面倒くさそうに許可を出してくれた。

そして、別の日の放課後。

調理班数人が教室に残り、せっせとホットプレートの用意をしていた。

もちろん、その中に由美子もいる。

「教室にホットプレートがあるのって、なんか変な感じだな」

「ね。机の上に置いてるし」

由美子の意見に同調して、委員長が笑う。

普段、自分たちが使っている教室に、突如現れた異物・ホットプレート。

文化祭のように非日常的なタイミングならまだしも、今日は普通の平日だ。

校庭では、運動部が元気よく声を張り上げている。

そんな中、ホットプレートが教室に居座っているのは違和感がすごかった。

でも、なんだかわくわくしてくる。

「若菜たち、いつ帰ってくるんだろ？」

「買い出し班、結構時間掛かってるね」

買い出し班の若菜たちは、近くのスーパーに材料を買いに行ってくれている。

それが、やけに時間が掛かっていた。

彼女らが帰ってこないと、次の段階に進めないのに。

「材料、どこにあるかで迷ってるのかなあ」

やはり、いっしょに行くべきだったか。

由美子が後悔し始めたところで、買い出し班三人が帰ってきた。

なぜか、自信満々の表情で。

「見て見て！　掘り出し物見つけた！」

嬉々としながら、若菜たちはスーパーの袋を机の上に置いた。

その袋がやけに膨らんでいる。

そのまま、中身を卓上にぶわあっとぶちまけた。

「焼きそばの麺がめっちゃ安かったの！　今日の予算だけで、いっぱい買えちゃった！」

その言葉どおり、机の上に焼きそば麺がたくさん転がる。

スーパーでよく見掛ける三人前一パックが、ひぃふぅみぃ……、とにかく、いっぱい。

積み上がるように載せられていた。

ほかの子が「え、めっちゃ買えたじゃん！」「若菜たち、やるじゃ～ん」と褒めている中、由美子と委員長は渋い顔になる。

由美子はその中のひとつを持ち上げ、得意そうな若菜たちに尋ねた。

「……あのさ。こんだけ麺あっても、使い切れないと思うんだけど」

「え？　そんなの、冷蔵庫に入れておけばいいじゃん。今日使い切らなくてもいいって。安かったから、文化祭で使う分まで買ってきたんだよ」

ふすー、と鼻息荒くしている若菜は、さも当然のように答えた。

委員長が目を覆う。

由美子も頭を振りながら、質問を重ねた。

「あーっと……、焼きそば麺ってさ……、どんぐらい賞味期限持つか、知ってる？」

その言葉で、若菜たちはようやく状況を悟ったらしい。

急にテンションが落ち着き、「……麺だから、結構、持つんじゃないの……？」とこわごわ尋ねてきた。

やっぱり自分が付き添うべきだったな、と後悔しながら、由美子は賞味期限を指で示す。

「乾麺だったらそうなんだけど……、生麺って、そうでもないんだよ。ほら、全部今週中に賞味期限切れるでしょ。安かったのも、賞味期限が迫ってたからじゃない？」

「え、えぇ!?　そうだったの!?　うわ、どうしよう!?」

料理をする由美子からすれば常識だが、調理班でも普段料理をしない子は多い。

千佳のことをバカにしていたけれど、案外あれも普通なのかもしれない。

……いや、さすがに目玉焼きですら失敗する千佳といっしょにするのは酷か。

由美子は苦笑しながら、ほかの食材を確認した。

具材はしっかり買ってくれているし、麺が異様に多いだけで問題はなさそうだ。

「予算内で買ってくれたんだし、別にいいんじゃない？　ねぇ委員長」

「そうね。ただ、これだけの麺をどうするか、だけど……。欲しい人がいれば、持って帰ってもらうとか？」

委員長は調理班を見回す。

しかし、元々あまり料理をしない彼女らは、「いる？」「わかんない」と首を傾げている。

まぁ使い道も限られるし。

由美子も今は別に必要なかった。

もしここに飾莉がいれば、喜んでもらっていくだろうけど。

「……どうしましょうね」

委員長は、積み上がった焼きそば麺を見て嘆息する。

それならば、やることはひとつだろう。

「よっしゃ。じゃあ全部、焼きそばにしちゃうか。みんなで食べれば何とかなるでしょ。部活やってる子にも連絡しよ。部活終わりの男子がいれば、まぁ食べ切れるでしょ」

委員長は「そうね」と返事してから、教室を見渡した。

「今残ってる人、食べるの手伝ってくれない？　いっぱい焼きそばできそうだから―」

いいよ～、やったー、と返事がくる。

調理班だけで小規模に作る予定だったが、どうやら焼きそば祭りになりそうだ。

それはそれで、きっと楽しいに違いない。

そこで思い出す。

確か、彼女は掃除当番だったはず。

スマホを取り出して電話を掛けると、何度目かのコール音で彼女は出た。

「もしもし、千佳ちゃん？」

『なに』

「今どこにいんの？　もう電車乗った？」

『いえ、駅に向かう途中だけど。なに？』

「今からいっぱい焼きそば作るから、食べにおいで。今日の晩ご飯にしなよ」

『……はあ？』

と、いうわけで。

急遽、焼きそば祭りが開催された。

場所は家庭科室。

ちゃんと事前に使用許可を取り、ここにいる生徒は全員三角巾とエプロンを装着済みだ。

若菜たちが買ってきてくれた材料を前に、気合を入れる。

由美子は調理の準備を進めながら、てきぱきと指示をした。

「とりあえず、みんなで具材切ってこうか。麺は多いけど、具材はそんなにないから時間掛かんないと思う。こんだけ人数いるしね」

ひとりだったらこれだけの量を捌くのは手間だが、調理班は複数人いる。

料理慣れした人が少ないのは心配だが、まぁ作るのは焼きそばだし。

とにかく、数人に分かれて肉や野菜を切っていった。

すると。

「うわ、由美子。めちゃくちゃ手際いいじゃん。切り方も綺麗だし。シェフ？」

「そ？」

キャベツをザクザクザク……、と切っていると、クラスメイトにまじまじ見られる。

毎日やっていることなので、ほかの子より上手いのは当然だ。

でも、こうして褒められると悪い気はしない。

「ふふん。そうなの。うちの由美子は料理が得意だからね。味もいいんだよ」

なぜ若菜が鼻高々にしているのかはわからんが。

そのあと、家庭科室のざるも借りる。（大きいのがまた嬉しい）

そこに大量の焼きそば麵をぶちこみ、ササッと水洗いした。

すると、若菜が慌ててこちらに肩をくっつけてくる。

「え、由美子どしたん。麵を洗うなんて。汚いもん入ってた？」

「いや、そうじゃなくて。麵って油ついてるから、一回洗ったほうがいいんだよ。こうすると、ソースが絡みやすくなんの。ほぐれるし、臭いも取れるし」

「へぇー……、よく知ってるね。そんなこと」

「佐藤家の料理係なんで」

笑いながら、調理を進めていく。

ほかの子も肉や野菜を切り終わったので、材料を教室に運んでいった。

「ほら、どいたどいたー」

エプロン姿の生徒たちが、大量の具材を持ってどたどた廊下を走っていく。

校内に残っていた生徒は、「なんだ？」という顔で見てくるが、文化祭が近いだけにすぐ納得したようだ。「いいなー」「なに作るんだろ」という声も聞こえてくる。

勢いもそのままに、自分たちの教室に飛び込んだ。

「佐藤」

ちょうど戻ってきたらしく、千佳に声を掛けられた。

鞄を肩にかけた彼女は、訝しげにこちらを見ている。

なんなの？　と教室の中とエプロン集団を見比べていた。

「お、千佳ちゃん来たね。今から焼きそば作るから、待ってな」

「はあ……、なに。どういう状況なの？」

困惑している千佳に、若菜がボウルを持ったまま泣きつく。

「渡辺ちゃあん〜。わたしたちが、間違えて麵を大量に買ってきちゃったんだよぉ。よかったら食べるの手伝って？」

「保存しておけばいいじゃない。使い切らなきゃいけないから」

「保存しておけばいいじゃない。麵なんて賞味期限ないんじゃないの？」

あるよ。

期待を裏切らない千佳の言葉を聞きながら、由美子はホットプレートの前に立つ。

まずは具材を先に焼いて……。

早速、調理を始めようとした由美子だったが、別の子に慌てて止められた。

「ちょ〜、ちょちょちょ、由美子。あたしらも作っていかなきゃだから、作り方教えてよ」

「え？　あぁそっか。でも、そんな難しいことないよ。一回説明しながら焼くから、自信ない子は二回目三回目で実際に焼いてみればいいよ。麵はいっぱいあるんだし」

何せ、今日はリハーサルなのでホットプレートは一台しかない。

一度に作れる量に限りがある。

どうも麵の量を考えるに、何度か焼く必要がありそうだった。

「ちょうどいいんじゃない？　練習する機会が多いのは、リハーサルとして正しいんだし」

委員長が腰に手を当てて、大量の麺を見下ろした。

若菜たちが、委員長～……、とフォローに喜んでいる間に、具材は焼けていく。

「贅沢言うと、最初に麺を軽く焼いておきたいんだけど……。まぁ量が多いからしょうがないか。ええとね、まず具材を……」

具材に火を通したあと、麺をほぐしながら焼いていき、いいところでソースを投入。

ホットプレート全体を使って大量の麺を焼くのは大変だが、難しくはない。

あっという間に、教室中に香ばしい匂いが漂い始める。

じゅうじゅうと音を立て、いかにも食欲をそそった。

食べ盛りの高校生たちが、ホットプレートの周りに集まり始める。

その中のひとりに、千佳がいた。

彼女はさっきまでそっけない態度だったのに、食い入るように焼きそばを見つめている。

その目は期待に輝き、おいしそう……、と顔に書いてあった。

……本当、こういうところは可愛げがあるんだけどなぁ。

由美子は笑みを堪えながらも、手は止めない。

十分に火を通してから、青のりとかつお節をたっぷりかけた。

紙皿に焼きそばを盛り付けていくと、湯気とともにソースの香りが広がっていく。

「はいはーい。どんどん受け取って～」

さっささ、と紙皿を手渡していく。

教室にいた全員に行き渡ってから、みんなで「いただきます」と手を合わせた。

一斉に焼きそばを口に運ぶ。

その瞬間、クラスメイトたちの顔がぱっと明るくなり、「おいしい！」「いい感じじゃ～ん」

「いやー、さすが由美子」と上々の反応が返ってきた。

由美子も、熱々の焼きそばを頂く。

ソースの濃い香りがガツンと来て、もちもち麺の食感が心地よかった。

んまい。いい感じ。

「んー……、やっぱ大量に作ると独特の旨味が出るな……」

家で作る味とはまた違っていて、不思議だなあ、と焼きそばを見下ろす。

ただ、気になることもあった。

笑いながら、クラスメイトはそれを指摘する。

「でも、具が少ないなあ！」「いや、全然肉がねえ」「どこまでいっても麺、麺、麺ね」

そうなのだ。麺と具材の比率が明らかにおかしい。

だからせめて、青のりとかつお節は目一杯使っているけれど。

とはいえ、これも笑いながらつい言ってしまうようなことであって、不満ではない。

みんな満足そうに食べているし、自分の中でも合格点を出せた。

そうなってくると気になるのは、千佳の反応である。

「…………」

千佳は湯気の上った焼きそばをキラキラした瞳で見て、ゆっくりと箸を入れた。

はむっ、と口に入れる。

途端に彼女は目を見開き、んー！　とでも言いたげな表情で焼きそばを見つめた。

こくこく、と頷き、早速次の一口に箸を伸ばす。

嬉しそうに、おいしそうに焼きそばを堪能していた。

「おいしいねえ、渡辺ちゃん」

「ええ。おいしいわ、とても。戻ってきてよかった。おいしい……」

ニコニコと若菜に話し掛けられても、素直にそう返している。

そのあとも食欲旺盛に、一生懸命食べ進めていた。

……なんというか。

やっぱり、千佳は食べさせ甲斐がある。

満足。

「んん？」

若菜が何かに気付いたようで、千佳の皿に顔を近付ける。

「渡辺ちゃんの焼きそば、なんか具材多くない……？」

「？　そうかしら」

「いや、まぁ。大袈裟に言うことでもないんだけど……」

若菜が、何か言いたげな目でこちらをちらっと見る。

……なんだなんだ。

適当に盛り付けているんだから、そりゃ具材の偏りは多少あるでしょうよ。

肉と野菜が少し多めの皿があっても、そこまで不思議じゃないでしょうよ！

そんな心の主張は、由美子がふいっと視線を逸らした時点で無力だ。

若菜はニマニマっとした顔で、「まぁそういうことにしておくか～」と独り言を呟く。

彼女の勘のよさが、今ばかりは憎らしい。

「委員長～。焼きそば食べさせてもらえるって、マジ？」

ちょうどいいタイミングで、部活終わりの男子たちが教室に入ってきた。

委員長がすかさず腰を上げる。

「うん、食べるの手伝って。よし、第二陣、第三陣と焼いていくよー！　練習したい人、手が空いてる人は手伝ってね！」

どうやら、委員長が仕切ってくれるらしい。

由美子は手を出さず、聞かれたら答えるくらいにしたほうがいいだろう。

焼きそばを手早く食べ終えて、調理班の元に寄っていく。

すると、委員長がなぜだかこちらをじっと見ていた。

「？　どったの、委員長」

「……ううん。別に」

そう言って視線を戻してしまう。

見ていた理由はわからなかったが、それ以上は言及しないでおいた。

何せ、まだまだ麵は余っているのだ。


何度か焼くのを繰り返し、途中で塩焼きそばに切り替えるなど味変しながら、大量の麵を消費していく。

部活終わりのクラスメイトは、食欲をいかんなく発揮してくれた。

教室に焼きそばの匂いをむんむん満たしながら、じゅうじゅう焼く音を聞きながら、みんなで焼きそばを食べ続ける。

やけに特別感があって、みんな昂揚していた。

文化祭はまだ先だというのに、まるで前夜祭のようだ。

本当に楽しい時間で、あっという間に過ぎていった。

「すごくおいしかったわ。ありがとう。ご馳走様」

千佳もちゃんとお礼を言ってから、満足そうに帰って行った。

喜んでもらえてなによりだ。

口の端にソースがついていたけど、それは黙っておいた。

焼きそば麺も無理なく使い切り、焼きそば祭りは終わりを告げる。

あとは片付け。

家庭科室で由美子は、若菜と隣り合って洗い物をしていた。

さっきの時間がよっぽど楽しかったのか、ほかの子たちはくすくす含み笑いをしながら洗い物をしている。

由美子も同じ気持ちだ。

自然と口が緩んでいたのだが、若菜がこちらの顔を覗き込んできた。

「どしたん、由美子。疲れちゃった？　なんだかぼうっとしてるけど」

「ええ？　いや、疲れたわけじゃないけど。楽しかったな～って思ってるだけだよ」

思わぬことを言われて、すぐに手を振って否定する。

若菜は元々何か気掛かりがあったらしく、不安そうにこちらの様子を窺っていた。

「ふうん？　それならいいんだけど……。や～、ちょっと不安でさ。ほら由美子、最近ずっとわたしらといるじゃん？　今までそんなことなかったし。なんかこう……、疲れちゃったのかなって」

若菜が言葉を濁しながら、ぼそぼそと続けた。

最近は文化祭の準備や勉強会で、常に若菜たちといっしょにいる。

ここまで同じ時間を過ごしたのは、初めてだった。

誘われるまま、誘うまま、いつも学校のだれかといる。

けれど若菜のそれは、大きな勘違いだ。

由美子はへらっと笑い、若菜の肩を自分の肩で小突く。

「楽しいからいっしょにいるんだって。疲れてたら行かないよ。あたしが若菜に、そんな変な気遣いするわけないでしょ」

「あ、そ？」

懸念は払拭されたらしく、若菜はほっと息を吐く。

まさか、そんなふうに心配されているとは思わなかった。

……あぁ。いや、でも。

不安の種は、あるかもしれない。

「楽しいから好きでいるんだけど……。それが怖いってのはあるかも。なんて言うのかな、楽しすぎて不安になる、っていうか……。上手く言えないんだけど……」

「うん？　どゆこと？」

自分でもよくわかっていないせいで、若菜に疑問符を出させてしまう。

整理できているとはとても言えないが、由美子はそれでも口にした。

「あたしさ。中学三年から声優やってて、そのときからずっと演技ばっかだったんだよ。こんなふうに、演技のことを一切考えない期間って初めてでさ。だから、不安になってるのかも。次、ちゃんと演技ができるのかな～、声優に戻れるのかな～って」

今の生活は、楽しい。それは間違いない。

ただ、それは声優である自分が失われていくことを意味していた。

歌種やすみが、薄まっていく。

佐藤由美子から、歌種やすみが消えていく。

だから、次にマイクの前に立ったとき、今までと同じように演技ができるか不安だった。

そして。

本来なら焦るべきなのに、文化祭の準備で奔走する毎日や、みんなと笑いながら過ごす帰り道、放課後の賑やかな勉強会。

充実した日々が、その心配さえも拭い去ってしまう。

そんなことは初めてだった。

「あぁいや、ごめん。変なこと言った。受験勉強に集中しろって言われてるし、考えてもしょうがないことだった」

由美子が苦笑すると、若菜は「そ？」と目をパチパチさせる。

今はこれでいい。声優のことは考えず、ただ学校生活を送るだけで、いいんだ。

……いいんだよね？　加賀崎さん。


文化祭の準備も、一旦区切りがついて。

由美子は再び、受験勉強漬けの日々に戻っていた。

とはいえ、全く苦痛ではない。

友達との勉強会はそれだけで楽しいし、家での勉強も捗っている。

受験生らしいようで、その実かなり満たされた日々を送っていた。

そんなある日の放課後。

「ねぇねぇ、由美子！　今日ちょっと付き合って！」

なにやら元気いっぱいに、若菜がこちらに寄ってきた。

「いいけど。今日も勉強会？　どこですんの？」

「違う違う。会ってほしい人たちがいるんだって！」

会ってほしい人？

珍しい誘い文句に困惑していると、若菜に手を引かれる。

ほらほら、と興奮気味に連れ出されてしまった。

こんなに強引に引っ張り出されたのは、千佳が「コロッケ。連れて行ってくれるって言ったじゃない」と言ってきたとき以来かもしれない。

あのときと同じように、由美子は手を引かれるままについていった。

やってきたのは、由美子がほとんど足を踏み入れたことがない場所。

旧校舎、最上階。さらに廊下の隅も隅。

こんなところに部屋があるのか、と思うような場所に、古ぼけた扉がついていた。

扉には『演劇部』と書かれている。

「演劇……？」

ますます困惑が強くなる。

確か前に、委員長たちが演劇部だという話は聞いたけれど。

なぜ、自分がここに連れてこられたのだろう。

疑問に思う由美子を尻目に、若菜は「たのも～！」と扉を勢いよく開けた。

奥行きはあるものの、狭い部屋だった。

元は物置だった、と言われても納得できるくらい。

ただでさえ縦長の部屋なのに、両脇に棚が置いてあるのでより狭い。

演劇で使うのか、小道具の類が部屋を圧迫していた。

そして、椅子が縦に三脚並んでいる。

そこに座る女子生徒三人は、全員顔見知りである。

「あぁ、来たね。由美子」

「委員長。それに、りーこにみよっちじゃん」

真っ先に口を開いたのは、三つ編み眼鏡の真面目そうな女の子。

我がクラスの委員長とその親友のみよっち、別クラスのりーこというあだ名の子。

由美子も若菜も、彼女らと何度も遊んだことがある。

「委員長とみよっちが演劇部ってことにもびっくりしたけど、りーこもそうだったの？」

「ノンノン、今は演劇同好会だよ、由美子。部員三人しかいないから」

「部ではないんだよね。昔は部だったし、活動的だったらしいんだけど」

りーことみよっちが笑いながら答えた。

部ではなくとも、演劇同好会。

この三人が演劇に携わっていたとは知らなかった。

「えー、なに。みんな演劇やってたの？　なんで教えてくれなかったのさ」

由美子が冗談まじりに文句を言うと、委員長は気まずそうに頬を掻いた。

ふたりも、気恥ずかしそうに答える。

「だって。ちゃんと活動してるわけでも、実際に演劇をやってたわけでもないからさ」

「たまーに、みんなで観に行くくらいだよ。観劇ってやつ。主な活動はそれくらいで、普段はここでダラダラしてる」

どうやら、思った以上に緩い部活らしい。

若菜もこちらを見て、「わたしも最近教えてもらったんだよね」と笑った。

「存在すら知られてないから、部員も入ってこないんだよね～」とりーこが続ける。

「あたしら卒業したら廃部になっちゃうねえ」とみよっちがさして惜しくなさそうに言った。

「えー、そんな緩くていいもんなの？」

由美子はついそう尋ねてしまう。

由美子は、部活動の類を今までやってこなかった。

だが外から見ていると、みんなそれなりに真面目にやっていたように感じる。

それこそ、委員長は真剣に打ち込んでいそうなのに。

委員長は恥ずかしそうにしながらも、やわらかく笑った。

「いいんだって、それでも。もちろん、真面目に部活に励む人は素敵だと思う。活動してる演劇部に、憧れがないとは言わない。格好いいな、って思う。でも、こうして三年間、ゆる～く楽しむのも青春だと思うわ。だって、わたしたちは演劇が好きで集まってるんだから」

「へえ……」

好きだから、集まっている。

その言葉は、由美子の中にすうっと染み込んでいった。

確かに、部活動に一生懸命励むのも、緩く楽しむのも、本人たちの自由だ。

そんなふうに『楽しむ』ことは、とても素敵なことだと感じた。

思えば由美子は、仕事に追われるばかりで、そういったものに触れる機会を逃してきた。

「合宿～、って言いながら、地方に演劇観に行くのも楽しかったよね」

「夏休み、別に何をするわけでもないのに、無意味に集まったりね」

委員長が三年間、と口にしたせいか、ほかのふたりも楽しそうに続ける。

その言葉ひとつひとつに、温かいものが滲んでいた。

委員長が『青春』と言ったように、その貴重な思い出は一生残るに違いない。

若菜も「わたしも部活動、しておけばよかったかな～」なんて、羨ましそうにしている。

「いいね、なんかそういうの」

無意識に、由美子はそうこぼしていた。

彼女たちは、自分の知らない高校生活を知っている。

楽しかったな、と振り返る青春を持っている。

由美子だって中学校や高校に思い出はいっぱいあるし、すごく楽しかったけれど。

彼女たちのように学生生活を力いっぱい楽しんだか、と訊かれれば自信はなかった。

ただ、彼女たちは別に自慢するために由美子を呼んだわけではないだろう。

「それで、あたしはなんでここに呼ばれてんの？」

改めて問いかけると、三人が顔を見合わせた。

なぜか揃いも揃って、えへへ、と気の抜けた笑みを浮かべている。

なに照れてんだ。

訝しんでいると、みよっちにつつかれて委員長が口を開く。

「いや、実は……。次の文化祭って高校最後の文化祭でしょう？　最後に一度でいいから演劇をやってみたくて……」

「え、めっちゃいいじゃん」

それこそ、羨ましくなるくらいの青春だ。

文化祭で演劇をやるなんて、物凄く思い出になりそう。

由美子が肯定的だったからか、りーことみよっちも照れくさそうに答える。

「最後だしね～。悔いなく終わるために、やってみよっかって話になったの」

「ずっと勇気が出なかったんだけど。でも、これが最後だよ？　そう思うとねぇ」

その言葉に、あぁそうか、と思う。

高校最後の文化祭。

自分たちはもうすぐ、高校を卒業する。

この学校に在籍している期間はもう半年もないし、登校する日数はさらに少ない。

それを自覚すると、急激に落ち着かなくなった。

だからこそ、彼女たちは「演劇をやりたい！」と感じたのだろうか。

「で、由美子。どう？」

「？　なにが？」

若菜に尋ねられて、由美子はきょとんとする。

何を訊かれているのか、さっぱりわからなかった。

しかし、三人の視線がこちらに向いているのを見て、ようやく気付く。

「もしかして、あたし演劇に誘われてる？」

そう答えると、三人は一様に頷いた。

いやいや、と反射的に由美子は手を振る。

「あたし、演劇なんてやったことないよ？　声優だよ、あたし。声の役者。別物でしょ」

「それでも、由美子はプロの役者でしょ？　わたしらなんて全員素人だよ。ていうか、演技自体やったことないし……。けど、由美子が出てくれたら、格好もつく……！」

「そ、そうかなぁ～……？」

言われてみれば、舞台に出演する声優もいるけれど。

夕暮夕陽は元が劇団出身だからまた違うが、そういった先輩は何人か知っている。

自分でも口にしたけれど、演技の種類は全くの別物。

だからこそ、それをやってみないか、と訊かれると。

「まぁ……、ちょっと……、興味は、あるかも……」

それが正直な思いだった。

自信はないけれど、想像するだけで胸がドキドキそわそわしてくる。

やってみたい、と思ってしまう。

由美子の答えを聞いて、委員長は顔をぱあっと明るくさせた。

「ほんと⁉　じゃあ主役やってくれない⁉」

「ば……、ばかばかばか、何言ってんのっ？」

思わぬ返事を投げつけられ、動揺するまま言葉を返す。

冗談かと思いきやそうではなく、委員長はパンっ！　と両手を合わせた。

「由美子が主役をやってくれると、わたしはとてもありがたいの……っ！」

「え、えぇ……？　いや、あたしが主役やるのはまずいでしょ。同好会の人間でもないし。大体、これは三人の劇でしょうよ」

何言ってんだ、と三人を見回す。

ほかが納得しないだろうし、由美子だって納得いかない。

だが、みよっちとりーこはゆるゆると首を振った。

「いや、あたし小道具班だし。劇には出ないよ。人前で演技なんて無理」

「わたしは衣装班。右に同じ。劇は作りたいけど、演技やりたいのは委員長だけ」

「わたしは演技したいけど、主役なんて無理……！　荷が重すぎるって！　こちとら初めてなんだから！　絶っ対無理ッ！」

三者三様に声を上げる。

なるほど、こういう状況なのか、と顔が引きつりそうになる。

そこで若菜がにこっと笑みを浮かべて、身体を寄せてきた。

「その話を、みよっちから聞いててさ」と口にする。

「委員長が『だれか主役やってくれたらな』って、こぼしてたんだって。で、由美子は演技してなくて不安って言ってたでしょ？　だから、一回話してみたらどうかなって連れて来たの」

そういうことらしい。

みよっちはクラスの出し物のときも、「演劇やらなくていいの？」と声を掛けていたし、委員長のことを気に掛けていたのだろう。

確かに演劇に興味はあるし、参加したいかどうかで言えば……。

したい。

したいが、主役は由美子にだって荷が重い。

だって、今まで歌種やすみは、一度だって主人公を演じたことがないのだから。

この状況では、さすがに尻込みしてしまう。

「…………」

ちくり、と胸が痛くなる。

これがもし、夕暮夕陽だったら。

こんなことで悩みはせず、やりたいかどうかだけで決めるのだろうか。

おかしな考えに囚われていると、委員長が残念そうに首を垂れる。

「やっぱり、無茶、よね……？　でもね、由美子が主役をやってくれたら嬉しい、っていうのは本音で……。謙遜してるけど、由美子はプロの役者を今までやってきたわけでしょう？　それって、本当にすごいと思ってて……。由美子は学校に声優として来てるわけじゃないから、こういうこと言うのはよくないと思ってるんだけど……、ずっと、尊敬してて」

委員長は伏し目がちに、熱のこもった息を吐く。頬もほのかに赤くなっていた。

それは、知らなかった。

彼女はひそかに、尊敬の念を抱いてくれていたらしい。

すかさず、りーことみよっちが口を開いた。

「委員長、由美子が出てるアニメとか観たんだって」

「同い年なのに、本当にすごいっていつも言ってる。あたしら、演劇同好会だってのに」

「ちょっと！　本人にバラすのはダメでしょ！」

委員長が珍しく取り乱し、ふたりを叩こうとする。

りーこはそれを躱しながら、委員長を指差した。

「大体、委員長は大事なことを伝えてないじゃん。なんで、由美子に主役をやってもらいたいのか、それも含めて言わないと。誠実じゃないよ」

委員長は「うっ」という表情になった。

恥ずかしそうに三つ編みをいじっていたが、立ち上がって棚から一冊の本を取り出す。

それを差し出してきた。

古い本のようで、装丁もかなり傷んでいる。

真っ黒で無愛想な表紙には、白い文字で『最期の舞台に白い花を』と書かれていた。

「……これを、やりたいと思ってて」

受け取ってみるが、由美子は知らないタイトルだった。

けれど若菜が、「あ、これ知ってる〜。映画見たことあるよ」と口にした。

「そなの？」

「うん。ええと、SFだよね。世界一の俳優を目指す主人公が、コールドスリープするの。でも、目覚めたら世界が滅びちゃってて、あら大変。世界には主人公と、お世話係のアンドロイドしかもういないの。それでも前向きな主人公とアンドロイドのお話……、だったかな」

「めっちゃシリアス？」

由美子が尋ねると、若菜は「大体はコメディだった」と頭を揺らし、委員長は誇らしげに

「ヒューマンドラマ」と頷いている。

「演劇でめっちゃ有名なんだよ、その作品。登場人物がふたりで舞台も変わらないから、学生でもやる人多いし。人手に困ったらコレ、みたいな。短いしね」

「高校演劇はコストとの闘いだからねー。夏芙蓉……、あ、そういう学校が舞台の劇があるんだけど。あれが人気なのも、内容はもちろん、制服と机と椅子があればできちゃうってのが大きいと思うし」

りーことみよっちの注釈に、なるほど、と思う。

これなら委員長ともうひとり役者がいれば、人数の問題はクリアできる。

委員長はその本を熱い瞳で見つめ、ゆっくりと口にした。

「わたし、この作品が大好きで。演劇に興味を持ったのも、この作品きっかけでね。ずっと憧れてた。演じてみたい、と思ったこともあるけど……、やっぱり勇気が出なくて。でも高校最後だし、由美子を見ていたら……、やってみようって気になったんだ」

「…………」

そんなふうに言ってもらえるのは、素直に嬉しいけれど。

由美子がプリティアに憧れるように、委員長の憧れもここにある。

憧れの作品。

それに手を伸ばすチャンスがあるなら、由美子だって踏み出したくなる。

それだけに、疑問が生じた。

「それなら、委員長が主役をやったほうがいいんじゃ？　それこそ、悔いのないように」憧れの作品に挑戦できるなら、変な妥協はしないほうがいい。

けれど、委員長は静かに首を振った。

「この作品の主人公……、ハーヴィーは、自信家で、底抜けに明るくて、不遜で、だけど脆くて、弱くて。すごく人間的で、感情豊かな人物なの。それだけに難しくて……。もちろん、エマ……、アンドロイドのほうね。が、簡単ってわけじゃないんだけど……、やっぱり主役は、演技が上手い人がやってほしい」

難しい役、と言うのなら、ハードルは上がるかもしれない。

それでも、挑戦すべきではないだろうか。

しかし、どうやら理由はそれだけではないようだ。

みよっちがニヤニヤしながら、委員長を指差した。

「ていうか、委員長がエマやりたいんだよ。エマが好きすぎて、この劇やりたいんだから。由美子が何と言おうと委員長はエマを譲らないよ」

「ちょっと！　だからバラすのはやめてって！」

委員長は怒りだし、ふたりがきゃーっとふざけている。

「だから、ちゃんと言わないのは不誠実でしょうがあ」とけらけら笑っていた。

彼女たちだけの気安い空気感は、きっとこの三年間で培われたものなんだろう。

委員長も、教室にいるときとはまた違った表情をしていた。

若菜も「仲良いなあ」と笑っている。

「…………」

由美子は、手に持った本を改めて見下ろす。

由美子には、その作品が輝いて見えた。

それどころか、この狭い部室も、委員長たちも。

「自分たちがやりたいと思ったから、やってみたい」というまっすぐで純粋な想いも、由美子には新鮮で、一種の爽快さがあった。

基本的に、声優は受け身だ。

役のオファーがなければ、自分たちは演じることができない。

だけど、委員長はこのキャラクターがやりたくて。

最後の文化祭を悔いなく過ごしたくて。

今、勇気を出して、自分の足で前に進み、自分の手で選んだ。

それがとても、眩しく見えたのだ。

「由美子、やっぱり無理……？」

由美子が黙り込んでいるのを見て、委員長は気弱そうな声を出す。

委員長は不安と期待を半々にした表情で、こちらを窺っていた。

「無茶だとは思ってるんだよ。由美子は声優。演劇をやったことないから不安、ていうのはそのとおりだと思うし。でも、それはわたしもいっしょで。ほかに経験者もいないし、由美子の経験を頼りにさせてほしいの。演技っていう点では、絶対に共通してるから」

確かに、同じ『演劇の素人』なら、プロの声優である由美子には一日の長がある。

三年分の経験は、きっと演劇でも力になる。

それを頼りにされるのは、由美子にどこかふわふわした感覚を与えた。

ただ、軽々しく頷けない理由はもうひとつある。

「そもそもの話だけどさ。三人とも、勉強はいいわけ？　本当にやるんだとしたら、みっちり練習しなきゃいけないんじゃないの？」

演劇の練習がどんなものか想像できないが、大変なのは疑いようがない。

由美子が加賀崎に「オーディションを受けるのをやめないか」と言われたのは、演技に目を奪われすぎたからだ。

ここにいる全員が受験生なわけだし、それはまずくないか。

しかし委員長は、そこははっきりと否定する。

「あぁ、それは大丈夫。あくまで無理のない範囲にするから。『最期の舞台に白い花を』は短めだし、今から準備すれば間に合うと思う。クラスのほうの準備も終わったしね」

時間に関しては、それほど問題ないようだ。

それを聞いて、今度は若菜が口を開いた。

「衣装班と小道具班は？　こういうの作るの、めちゃくちゃ時間が掛かるんじゃないの？」

その疑問に、なぜか委員長が気まずそうに目を逸らした。

りーことみよっちは顔を見合わせてにひっと笑い、狭い部室のさらに奥に向かう。

ごそごそしたかと思うと、何かを胸高々に掲げた。

それを見て、由美子は呆れた声を出してしまう。

「……もう衣装できてんじゃん」

衣装班のりーこが持っていたのは、黒と白のエプロンドレス。

ヘッドドレスや、なにやら機械っぽく見せたチョーカーもいっしょにある。

「あ、それエマの衣装？」

若菜が指差すと、りーこが「せいかーい」と嬉しそうに笑う。

「いや実はねー、委員長が『もし演じるならエマがいい』って言うから、前に作ってみたんだ。そのときはまさか、本当に演劇をやるとは思ってなかったけどね」

「ハーヴィーは燕尾服を改造すればいいし、それほど時間は掛からないよ。だから、裏方の準備はぶっちゃけ余裕なんだよね〜。小道具もそんなにないし」

どうやら、既に憧れは少しずつ形にしていたようだ。

委員長が恥ずかしそうに俯いているのも、先走っていたことへの羞恥だろう。

でも。

由美子が小さい頃にプリティアの衣装を着て、声優を目指し、今はその役を追い求めていることと、何の違いがあるだろうか。

むしろ、彼女はこうして憧れを自分で実現させようとしている。

こんなふうに。

憧れを形にする方法もあることに、由美子ははっとするような驚きを覚えていた。

そこでふと、若菜の視線に気付く。

彼女はニコニコと笑顔のまま、由美子を見つめていた。

やってみたら？　と表情が語っている。

せっかくの高校生活だから。

そう、せっかくの高校生活。

今まで由美子は仕事を優先して、高校の文化祭にはあまり関わらないようにしていた。

だけど、今年は。

全力で盛り上がれる、最初で最後の文化祭だ。

「──わかった。やる。あたしでよければ、主役やらせてもらうよ」

由美子が答えると、委員長が「本当⁉」と顔を輝かせ、ふたりがやった～！　と両手を上げる。委員長は興奮気味に、一枚の紙を取り出した。
「じゃあ体育館のステージ申請、しておくね！」
何から何まで、用意がいい。苦笑してしまう。
この高校の文化祭は、申請すれば体育館のステージを使用できる。
バンドや吹奏楽などの出し物で、よく使われていた。
この『最期の舞台に白い花を』も体育館のステージで、公演することになる。
普段、体育や集会で使っているあの場所で、演技をするのは不思議な感じがした。
「…………」
由美子は、体育館よりも広い会場でお客さんの視線を浴びたことがある。
イベントの朗読劇で、実際に演技を見せたこともある。
けれど、それとは全く別の緊張が身体を覆い始めていた。
それは委員長も同じのようだ。
彼女は瞳を揺らしながら、申請用紙にペンを走らせている。
その手がわずかに震えるのが見えた。
期待と不安、そして緊張が彼女にのしかかっている。
だれかの夢が叶う光景が、目の前で広がろうとしていた。

ところで。

「演劇をやる！」と決めたとなると、連絡すべき保護者がひとり。

もし、彼女に怒られたら、取りやめるのもやむなしだ。

というわけで、早速加賀崎に電話を掛けた。

『おー、由美子。なんだか久しぶりだな』

開口一番の加賀崎は、機嫌がよさそうだった。

最近、仕事もないし事務所に寄る必要もないので、加賀崎とはあまり会っていない。

今度遊びに行こうかな、あぁでも勉強しろって怒られるかな、と考えていると、先に加賀崎がそれを口にした。

『ちゃんと勉強してるか？』

「してるしてる。おかげさまで、めちゃくちゃ捗ってるよ」

苦笑いしながら、そう答える。

もしも勉強に集中できていなかったら、演劇も断っていたかもしれない。

しかし、次に加賀崎から出てきた言葉は、不可解なものだった。

『そうか。ちゃんと学生らしいこともできてるか？』

「？　うん？　まぁ、そだね。最近まで、文化祭の準備をしてたよ。楽しかった。焼きそばをみんなで作って、食べてさ。ただ、みんな張り切りすぎて、やることなくなっちゃって。今はお休み中。あとはずっと勉強かな～。しょっちゅう勉強会してるけど、楽しいよ」

加賀崎の質問の意図は読めなかったが、言葉にしてみるとするする出てくる。

めっちゃ充実してるなぁ、と改めて思った。

そうかそうか、と加賀崎が電話口で嬉しそうにしている。

なんだか、今日の加賀崎は声がやわらかい気がした。

『それで？　何か用か？』

本題に入る。

由美子は受験勉強に集中するため、声優業から離れるよう加賀崎に指示されている。

だというのに、演劇をする！　と言うのはアウトかもしれない。

いくら学校行事と言えど。

だからこそ、由美子はわざわざ報告の電話を掛けたのだ。

「ええとね、加賀崎さん……。実は学校の子らに、文化祭で演劇をしないかって誘われてさ……。いろいろ事情があって、主役をやることになりそうなんだけど……、やってもいい？」

おそるおそる、問いかける。

怒られたらどうしよう、と不安になりながら。

加賀崎は、すぐには返事をしなかった。

　彼女の答えを待とうとしたが、その間に耐えられない。

「いやあのー、もちろん、受験に支障が出ない程度にするよ？　みんな受験生だから、それはわかってて、あくまで無理のない範囲で！　あ、あたしも視野が狭くならないよう、気を付けるし……」

　しどろもどろになりながら、言い訳のような言葉を積み重ねる。

　すると、電話越しにふっと笑う声が聞こえた。

『いいんじゃないか。気を付けるポイントがわかってるなら、あたしから言うことはないよ』

　その返事に、ほぉ～っと安堵の息を吐く。

　肩の力を抜いていると、加賀崎はさらにやさしい声色で続けた。

『由美子の高校の文化祭は、チケット制だったか？　余るならあたしにも頂戴。由美子の初舞台、観に行くよ』

「えぇ～、なんか恥ずかしいな……」

『何言ってるんだ。今まで散々演技する姿を見てきたのに』

　笑われてしまうが、それとこれとは別問題。

　しかも、初舞台なんて言い方までされてしまって。

　思わぬ緊張が生まれそうだった。

SENPAI YUHI KOUHAI YUI 第6回

「でも高橋、思うんですよ。夕陽先輩のクラスメイトは羨ましいなあって」

「なによ急に」

「だって！　毎日、夕陽先輩と会えるんですよ？　そういう環境が羨ましいです」

「わたしたちだって、こうして毎週会うことが義務付けられたじゃない」

「義務って言い方、やめてもらっていいですか？」

「大体、仕事が被ればそれなりに会う頻度も高くなるでしょう。『ティアラ』の〝ミラク〟VS〝アルタイル〟では、同じユニットだったから毎日のように会っていたし」

「そこですよ、夕陽先輩」

「なにが」

「同じ現場が終わったら、定期的に会えていたのが急になくなる……。それって寂しいじゃないですか！　夕陽先輩だって、そういう経験あるでしょう？」

「……？」

「ないそうでーす！　大丈夫です、夕陽先輩！　高橋は夕陽先輩の味方ですからね！」

「意味もなく憐れまないで頂戴……。あぁ、だから同じクラスが羨ましいって話なのね」

「そうです！　毎日、無条件で夕陽先輩と同じ時間を過ごせるんですよ！　羨ましい！」

「まぁ、わたしたちは会社員でもないし、そういう状況はこれから先も稀有よね……」

「そうですよ。だからクラスメイトの方々は、もっとその幸運を噛み締めるべきです！」

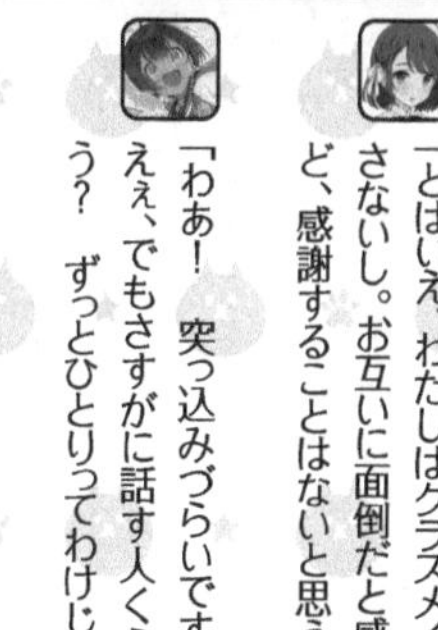
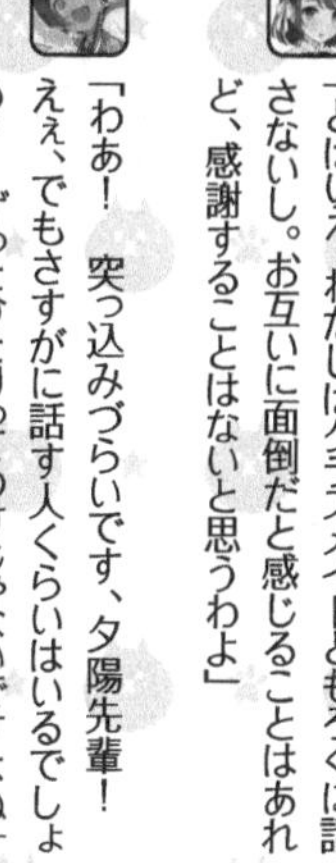

「とはいえ、わたしはクラスメイトともろくに話さないし。お互いに面倒だと感じることはあれど、感謝することはないと思うわよ」

「わあ！　突っ込みづらいです、夕陽先輩！　えぇ、でもさすがに話す人くらいはいるでしょう？　ずっとひとりってわけじゃないですよね」

「まぁ……、最近は遺憾ながらそうね……。話す人もいるわ。あぁそう、やす……、歌種やすみも同じクラスだしね。学校ではほとんどしゃべらないけど」

「うわぁー……、夕陽先輩、急にやすやす先輩の名前出さないでくださいよ……。高橋はやすやす先輩のこと大好きですけど、ここで名前出されると、ちょっと……」

「ちょっと、なに……？」

「なんかこう、本妻の名前出された愛人みたいな気持ちになって、傷付きます」

「気持ち悪」

「な……っ、ちょ……、き、気持ち、気持ち悪いって、そ、そんな言い方ないじゃないですかぁ……っ！」

「そこまで動揺されると、マジっぽくて嫌なのだけれど……。あの、朝加さん。もう締めていいですか。これ以上話してると――」

to be continued……

『夕陽センパイ結衣こうはい』の収録が無事に終わったので、千佳は片付けを始める。

卓上の物を鞄に詰め込んでいると、なにやら気になることを言われた。

「そういえばやすみちゃん、文化祭で演劇やるらしいね」

朝加の何気ない一言に、千佳は顔を上げる。

あの子、演劇をやるの？

初耳だ。

いやもちろん、由美子がわざわざ千佳に「今度、演劇をやることになってね」と言うとも思えないのだが。

「えっ！　やすやす先輩、演劇やるんですか⁉　うわあ、高橋すごく観たいです！　あ、もしかして夕陽先輩も出るんですか？」

結衣が顔を輝かせて、こちらに目を向ける。

誤解されても嫌なので、きっぱり否定した。

「やらないわ。あの子が演劇をやるのも、今初めて聞いたくらいだし」

「ええ、そうなんですか？　高橋だったら、絶対言っちゃうのに。だって夕陽先輩、演劇経験者なんですから。アドバイスとか聞きたくなっちゃいますけど」

朝加が苦笑して千佳を見る。

その表情は、「やすみちゃんが聞くわけないよねぇ」と語っていた。

負けず嫌いの由美子が千佳に助けを求めることなんて、滅多にない。

もし由美子が聞きたいと思っていても、きっと実行には移さないだろう。

そこは朝加の感じたとおりだと思うのだが、あまりやさしい表情をしないでほしい。

「夕陽ちゃん、気になる？」

朝加が頬杖を突いて、こちらの顔を覗き込んでいた。

それにはぴしゃりと答える。

「いえ、特には。興味ないです。……それでは、お疲れ様でした」

千佳は頭を下げて、席を立つ。

結衣が「あ、待ってください、夕陽先輩！　いっしょに帰りましょうよ～！」と言ってきたが、聞こえないふり。

だが、すぐに追いつかれる。

後ろから勢いよくタックルを喰らい、「ぐえっ」と声を出す羽目になった。


翌朝。

千佳は電車から降りて、学校までの道をひとり歩いていた。

突然、ぽんと肩に手を置かれる。

登校中に接触してくる相手は若菜か由美子くらいだが、彼女らはまず声を掛ける。

怪訝な顔をして振り返ると、そこにはぎこちない笑みを浮かべた由美子がいた。

千佳は力を抜くものの、彼女の表情は硬いままだ。

「お、おはよ、渡辺」

「……おはよう」

様子のおかしい彼女に、とりあえず挨拶を返す。

由美子は曇り空を見ながら、「あ〜、今日雨降りそうだよねえ」と白々しいことを言う。

さりげなさを全く装えないまま、隣に並んだ。

なに。

なんなの？

じろじろと彼女を見上げるが、由美子は気まずそうに空へ目を向けている。

そして、こんなことを尋ねてきた。

「渡辺ってさ〜……、『最期の舞台に白い花を』って演劇、知ってる？」

「知っているけれど」

「え、知ってんの？」

人に聞いておいて、由美子はきょとんとしていた。

肩を竦めながら、千佳は答える。

「それ、物凄く有名な演劇だもの。感情表現が豊かなハーヴィー、表現が変化し続けるエマ、一人二役で演じる練習がうちの劇団でもあったくらい。登場人物が少なすぎるから舞台にかけることはなかったけど、とても人気の演劇よ」

劇団出身の千佳からすれば、何を今さら、という質問である。

ただ、まるで演劇に触れてこなかった人間からすれば、知らなくても無理はない。

「そうなんだ……、へぇ～……。そっか……」

……千佳にとっては当然なのだから、瞳に尊敬の念を込めるのはやめてほしい。

由美子の無自覚な視線にむず痒くなったので、質問を返した。

「それで？　なぜいきなりそのタイトルを？」

十中八九、彼女が演じる劇のことだろう、と思いながら問いかけた。

人数も少ないし、用意する物も少ない。

学生演劇でかけるにはぴったりだ。

そんなことはわかりきっているのに、由美子は頬を掻いて顔を逸らす。

「いや……、まぁ。別に。ちょっと、話を聞いたから、あんたに訊いてみた、だけだけど」

ぎこちなく、そんな言葉を吐き出す。

なんというか、彼女も大概わかりやすい。

由美子は直接的な話は出さないものの、興味津々とばかりに尋ねてきた。

「一人二役の練習ってなに？　お姉ちゃんもそんなことやってたの？」

「ええ。二役とも繊細な演技が必要なうえに、正反対のキャラクターだから。いい訓練になるわよ。……懐かしいわね。原作もとてもいいのよね。読み返そうかしら」

劇団にいた頃の自分に想いを馳せていると、由美子は「ふ、ふ～ん……、そんなのやってたんだ……」と顔をより近付けてくる。

じろじろとこちらを見る彼女の顔には、「話を聞いてみたいなあ」と書いてあった。

もし、由美子がちゃんと「話を聞かせて」とお願いするなら、一考もするけれど。

こちらから水を向けることは、もちろんしない。する義理はない。

「それで？　それがどうかしたの」

「……イイエ？　別に。何もアリマセンケド」

そっぽを向く由美子は、相も変わらず意地っ張りだった。


由美子が何も言ってこないのであれば、千佳も演劇に関わることはない。

普段どおりに過ごし、放課後となる。

ただ、由美子からはアプローチがなくとも、別の子からはあった。

若菜だ。

「渡辺ちゃ〜ん。ちょっといい？」

由美子がそそくさと教室を出て行ったあと、彼女は後ろから肩に手を置いてくる。

嬉しそうに身体を揺らしながら、こんなことを言い出した。

「渡辺ちゃんは、由美子が演劇やるって話は聞いた？」

「……まぁ。人伝てには」

少しばかり答えに迷ったものの、正直に答える。

若菜は笑みを深めながら、由美子が出て行った扉に目を向けた。

「実は今日から、体育館の裏で稽古を始めるんだよね。ほかにできるところがないみたいでさ。渡辺ちゃんも興味があったら、見に来るといいよ」

そう言い残し、若菜は「じゃね〜」とあっさり教室を出て行った。

情報を渡すだけ渡して立ち去るのは、何とも彼女らしい配慮だ。

「…………」

歌種やすみの舞台演技。

興味があるかないかで言えば……、ある。

かなり。だいぶ。

彼女がどんなふうに舞台で役を演じるのか、どう役を降ろすのか。

演技は十人十色。

同じ演目でも、演じる人間が変われば その人の色に染まる。

特に『最期の舞台に白い花を』は有名作品だけあって、いろんな人が演じる様を見てきたし、千佳自身も演じたことがある。

あの演目が、歌種やすみの色に染まるのであれば。

興味は、惹かれる。


「……ううん」


でも……、なんか、ここで、見に行ってしまうと。

由美子に興味津々と言うか、気になってしょうがないとか、そんな感じにならない？

いっそ若菜が強引に引っ張ってくれれば、「連れられたから」と体裁を保てるけれど。

まさか、彼女の気遣いが裏目に出るなんて。

だってもし、千佳がのこのこ練習を見に行ったとして。

由美子に見つかったら、どうなる？

『なに、渡辺。そんなにあたしの演技が気になったの？　まー、あんたはあたしのこと大好きだもんね。しょうがないな、見てっていいよ。ほら、こっち座んな』

そんなふうに言われたら、羞恥心で粉々になってしまうかもしれない。

めちゃくちゃ嫌だ。

……でも、見たいは見たい。

腕を組んで、天井を見上げる。
どうしたものか、と千佳は悩んだ。
「…………」
それに、気に掛かることもあった。
自身が演じることで、きっと彼女も実感するのではないだろうか。
自分たちは演者。声優。
ずっと、その道にこだわってきたけれど。
演技というものは――。
どこでだって、できてしまうということに。

♥

演劇同好会は、思った以上に張り切っているようだ。
あの集まりから数日も経たないうちに、本読みが終わった。
台本を持ったままでいいから立ち稽古をしてみよう！　という話まで進んでいる。
アフレコと演劇の違いを早く体験しておきたい。
由美子はそう思っていたので、早々に立ち稽古ができるのはありがたかった。

ただ立ち稽古となると、さすがにあの狭い部室ではできない。

かといって、体育館を使うには手続きがいる。

というわけで放課後、由美子たちは体育館裏にやってきた。

部活動をしている生徒の視線が気にならないでもないが、この際仕方がない。

委員長、みよっち、りーこの三人に由美子、そして見学で若菜がいた。

体育館の扉のそばに、三人は腰を下ろしている。

一方、由美子の前には委員長が相対していた。

その手には、由美子と同じ台本が握られている。

『最期の舞台に白い花を』の台本だ。

委員長の眼鏡の奥には、明らかな緊張が見て取れる。

委員長は、人前での演技は初体験。その緊張も仕方がない。

由美子だって、初めてのオーディションは手が震えてしょうがなかった。

緊張をほぐす意味で、由美子は雑談を挟む。

台本を眺めながら、疑問を口にした。

「なんか、変な感じ。ハーヴィーって男じゃん？　あたし、ちっちゃい男の子はやったことあるけど、成人男性はさすがに初めてだよ。これ、別にあたし髪は切らなくていいんだよね？」

その疑問に、りーことみよっちは頷く。

「大丈夫。まぁ当日は髪を括ってもらうし、メイクも変えてもらうけど」

「演劇は異性を演じてもいいし、ひとりで何役もやっていい。赤ん坊からお年寄りまで何でもござれ。舞台は自由だぜ。それが演劇の良さだよ、由美子」

うんうん、と頷きながらふたりは言う。

軽く身体を動かしながら、由美子は台本を見つめた。

成人男性の役も初めてだが、演技に合わせて身体を使うのも初めてだ。

舞台の上では立ち位置も変わるし、身振りで表現をする必要がある。

アフレコでも由美子は手振りをまじえるし、表情だって変える。

けれど、その場から動くことはないし、あまり激しく動くとマイクに音が入ってしまう。

アフレコで気を付けている部分が、演劇では必要な行動になる。

その差が難しかった。

大体、セリフだってアフレコなら覚えなくていい。そこも心配の種だ。

でも、その知らない世界に触れることが楽しかった。

「演劇は、気を付けるところからして違うんだよなー……。委員長、何か気になることあったら教えてね」

「う、うん。由美子も、何かあったら教えて」

憧れの役柄を演じられるだけあって、委員長は硬くなっていた。

とはいえ、由美子だってそれほど余裕があるわけでもない。

「……よし。由美子。まずは、一度やってみよう」

委員長は覚悟を決めたようだ。

そうだ、やってみなければわからない。

由美子は台本に目を落として、自分のセリフを確認する。

真っ白なページに、蛍光ペンで強調してある自分のセリフたち。

それを見つめながら、由美子はゆっくりとスイッチを入れる。

それと同時に、りーこがパンっと手を叩き、「はい、スタート！」と声を上げた。

冒頭は、主人公ハーヴィーが目覚めるところから始まる。

寝起きの気だるげな声を出し、起き上がる動作を上半身で表現したあと。

由美子は、大きく声を張り上げた。

「――ふははっ！　い～い目覚めだ！　世界もこの大名優・ハーヴィーの目覚めをさぞかし喜んでいることだろう！　さて、私はどれくらい眠っていた？　百年か？　二百年か？　それとも一千年？　たとえどの時代であっても、私の芝居を聴衆が待っているだろう！」

由美子が声を上げた途端、委員長の表情がサッと変わる。

その声量の大きさに、視界にいる生徒が「なんだ？」といった表情でこちらを見た。

恥ずかしくないわけではないが、恥じ入っては演技などできない。

構わず、由美子は大袈裟なくらいに手振りをまじえて、演技を続けた。

「しかし、随分と静かじゃあないか。まるで私が眠っている間に、世界が滅びたかのよう！　なぁ～んてな、ふはははっ！」

ハーヴィーはとにかく陽気で、声も身振りも大きい。

イラストもないし、設定資料も少ないが、由美子の感じたハーヴィーを演じていく。

そこで、アンドロイドのエマ――、委員長の出番がきた。

彼女は由美子の前にするりと現れ、抑揚のない声でこう言う。

「ハーヴィー様。お目覚めでしょうか」

「おおっと⁉　だれだね、君は！　すまないが、アンドロイドの知り合いはいないものでね。自己紹介を頼むよ」

「申し遅れました。あなたのコールドスリープ中、そして目覚めたあとのお世話を任された、アンドロイドのエマと申します」

「あぁそうだったかな！　すまないね、私はどれほど眠っていた？」

「およそ五百年ほど。そして、ハーヴィー様。大事なことをひとつお伝えいたします」

「なんだね！　世界中の聴衆が私を待っていることか？　いいだろう、すぐに演じよう！　何せ、私は世界一の名俳優！　さぁさ、どこに向かえばいい？」

「世界は滅びました。生存者は、ハーヴィー様ただひとりだけ。聴衆はもうおりません」

「な、なんだってぇ————ッ！」

ハーヴィーの絶叫で、プロローグが終了する。

『最期の舞台に白い花を』は、滅んでしまった世界の中で、俳優・ハーヴィーとアンドロイド・エマの対話を描く物語だ。

こんな世界でも、ハーヴィーは変わらず明るく生き続ける。

けれど、彼には抱えているものがあって……、という物語だ。

キリのいいところまで進めて、一度、稽古をストップする。

由美子と委員長は同時に、はあ、と大きく息を吐き、身体の力を抜いた。

途端にみよっちたちが大きな拍手を送ってくる。

「由美子、すごいなぁ……！　さすが声優さんだ。声量も演技の仕方も、全然違うよ！」

「びっくりした！　やっぱプロって違うね！　なんだよぉ、演劇いけるじゃん！」

「格好よかったよ、由美子ー！　めっちゃハーヴィー！　もうわたし本番が楽しみだよ！」

「えぇ？」

褒められるとは思っていなかったので、たじろいでしまう。

最初だから仕方ないが、おそろしく粗削りだ。

とても満足できる演技ではない。

アフレコとの違いにも、四苦八苦するばかりだった。

「声は出てたかもしれないけど……。全然動けなかった。ちょっとでも気を抜くと、棒立ちしそうになるよ。難しいね、演劇」

荒い息を吐きながら、そう答える。

声だけでなく、表情、身体、立ち位置、動きすべてに意識を注がなくてはならない。

使っている箇所が全く違う。

しかし、委員長は力強く頷いた。

「ううん、由美子すごかったよ。すごく、すごく上手だった。やっぱり由美子に主役お願いしてよかった……。頼りになるよ」

委員長はほっとしたような笑みを浮かべている。

そこには、素直な賞賛を感じられた。

そう？　と頭を掻いてしまうが、褒めてもらえるのなら悪い気はしない。

さらに若菜がいたずらっぽい笑みで、周りに目を向けた。

「うん、めっちゃよかったって！　みんな観てるくらいだよ。ほら見てみ？」

「うん？」

若菜に言われるがままに、周りを見渡す。

いつの間にか、遠巻きに見る生徒が増えていた。

揃って感心したような顔をしている。

目が合うと拍手をしてくれたので、「あ、どーもどーも」と由美子も頭を下げた。

「……ん？」

慌てて建物の陰に引っ込む影が見えた。

なんだろう。

若菜はニマニマと笑っているから、彼女が何かやったのかもしれない。

まぁ見えないものを気にしてもしょうがない。

そのあとは、委員長たちと意見を交換しながら、「こうしたほうがいいんじゃないか」と演技を詰めていった。

その時間も新鮮で楽しかった。

監督がいないのであれば、自分たちで方向性を定めなければならない。

だが、あまり根を詰めるのもよくない。

その日は、ほどほどのところで解散となった。

時間はまだ少し早かったので、若菜とふたりで軽く勉強してから帰った。

学校から出ると、外の空気が冷たくなり始めている。

最近は陽が沈むのが早くなり、空には星が瞬いていた。

それを眺めていると、若菜が嬉しそうに身体を近付けてくる。

「それで、由美子。演劇の稽古、どうだった？」

「あぁ、すごく楽しかったよ。難しいとは思うけど、その分やり甲斐あるっていうか。委員長も本気だったし、張り切っちゃうなー……。明日はもっと上手くやりたいね」

若菜に気を遣ったわけではなく、正直な気持ちを口にする。

若菜は嬉しそうに、「そっか」と微笑んだ。

けれど、ゆっくりと顔を覗き込んでくる。

「でも由美子。なんかこう……、考え込んでない？」

「んー……？　あー……、そうかも」

考えに耽ることは最近よくあった。

充実している、と感じたとき。

楽しい、と心から笑えたとき。

ふっと頭の中に、疑問が現れるときがある。

空に浮かぶ星を眺めながら、親友に想いを吐き出した。

「こんなことしてていいのかな～？　って思うんだよ」

「うん？」

「あたし、最近めっちゃ楽しいんだよね。学校でいろんなことやって、ずっとみんなといっしょにいてさ。それが当たり前みたいに、毎日続いて……。こういう青春もあったのかなってていう気持ちと、こんな時間を過ごしてていいのかなあ、っていう気持ちが、こう、複雑に混ざってるんだよ」

今までずっと、声優業を頑張ってきた。

間違いなく充実していた。

苦しいことはたくさんあったけど、得られたものはもっとあった。

あそこが自分の居場所だと、心から思っていた。

しかし、今はそれらから離れて、普通の高校生活を送っている。

それがすごく――、心地よかった。

もしかしたら由美子は、声優になっていなければ、こういう青春を送っていたのかもしれない。

力いっぱい高校生活を楽しんで、人並みに悩みはあったかもしれないけど、それでも最後には「楽しかった！」と友達に囲まれて笑っているような。

でも、その想像は声優としての自分を否定しているようで。

だけど、今の楽しさは本物で。

答えが出ないことを、ぐるぐる考え込んでいる。

それに対して、若菜はあっけらかんと言った。

「楽しいと思ってるなら、それはいいことなんじゃないの？　これから大学だってあるんだし、まだまだ続いていくわけじゃん。由美子なら、充実した大学生活ってやつも満喫できるだろうし。それが『やりたいこと』になっても、おかしくないんじゃない？」

「え？」

若菜の言葉に、真顔で返事をしてしまう。

彼女は慌てて手を振った。

「や、声優の由美子を否定するわけじゃないよ？　でも由美子ってさ、たまにめっちゃ辛そうなときあるじゃん。で、今はそれがない。楽しいわけでしょ？　それってどっちが由美子の『やりたいこと』なのかな〜って」

「それは……、そう、だけど」

声優は、決して楽しいだけじゃない。

今までだって、驚くほど辛いことはたくさんあった。

裏営業疑惑のときだって、ファントムだって、乙女のことだって、結衣のことも、ティアラのことだってそうだ。

圧し潰されそうになりながら、必死で走ってきた。

でも、それは必要なことだったはず。

若菜は、それをやんわりと否定する。

「わたしには声優の仕事って、よくわかんないけどさ。由美子はなんだか驚いてたけど、委員長たちみたいに『やりたいことを、やりたいからやる』って、ふつーのことだと思うよ。由美子が本当に『やりたいこと』が……、たとえば、普通の高校生や大学生っていうんならさ。別にやってもいいんじゃない？」

委員長たちが、普通。

その普通が、自分の『やりたいこと』？

憧れを自分の手で形にして、やりたいから演劇に踏み出し、仲間といっしょに笑い合う。

彼女たちの三年間は、劇的ではないけれど。

きっと穏やかでそれでいて楽しく、そして最後は気持ちのいい終わり方をするんだろう。

「……うん……」

演技がしたいだけなら、委員長たちみたいにアマチュアでだってできる。

声優の道にこだわるのなら、その道に進む理由が必要だ。

一年前は、こんなこと思いもしなかった。

何も疑わず、裏営業疑惑で声優をやめさせられそうになったときは、涙を流して「いやだ」と震えていたのに。

この一年間で由美子はひとつ大人になり、そしていろんな経験をしてきた。

若菜の言うことは、正しい。

委員長たちを、由美子は『羨ましい』と感じてしまった。

そういうのいいね、と憧れてしまった。

声優の世界に戻るのなら、今まで感じた苦しみと再び向き合うことになる。
けれどこの世界に残れば、由美子はずっと楽しいままの生活をきっと送れる。
それを選ぶ権利を、ほかのだれでもない由美子自身が持っていた。
「…………………」
由美子は空を見上げる。
なぜだか、無性に千佳の顔が見たかった。

Tiara★Stars★Radio 第26回

「みなさん、ティアラーっす！　今回パーソナリティを務める、滝沢みみ役の双葉ミントです！」

「みなさん、ティアラっす〜。同じくパーソナリティの、大河内亜衣役、御花飾莉です〜」

「この番組は『ティアラ☆スターズ』に関する様々な情報を、皆さまにお届けするラジオ番組です！」

「本日、第26回が始まりました〜」

「今回はこのふたりで進行していきます！　よろしくお願いします！」

「お願いします〜。や〜、ミントちゃんとふたりでやるのも久しぶりだね〜」

「そうですね！　ミント、御花さんとラジオやるのとっても嬉しいです！」

「うふふ、あたしも〜。さっきもね、楽しくおしゃべりしてたんだよね〜。ほら、今まではレッスンとかで毎日のように会ってたのに、それがなくなって寂しいねって」

「そうなんですよ〜！　寂しいです！　またレッスンしたい！　ライブしたいです！　偉い人〜！　お願いします〜！」

「お願いします〜。や〜、あのときは当たり前だったけど、なくなると寂しいよねえ。プライベートだと、集まることもなかなかないし」

「そうなんですよ〜！　ミントは小学生なので、みなさんとなかなか会えないんです！　遠い場所にも行けないですし。あ、でも御花さんは会えるんじゃないですか？」

「んー、そだねー。あ、この前、やすみちゃんのお家に行ったよ〜」

ティアラ☆スターズ☆レディオ！

「え？」

「え？」

「ん、んん？　う、歌種さんのお家に行ったんですか？　な、なんで？」

「や〜、やすみちゃんにご飯作ってもらったんだよ。やすみちゃんの手作り！　おいしかったなぁ。いろんなおしゃべりもできて、楽しかった〜」

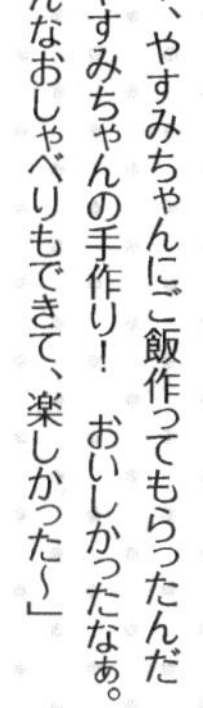

「え、えぇ……、さっき……」

「どうかした？　ミントちゃん」

「い、いえ！　あ、あ〜、いいですねぇ、ご飯！　ミントも行きたかったです〜！」

「いいねぇ、今度やすみちゃんにお願いしてみよっか？」

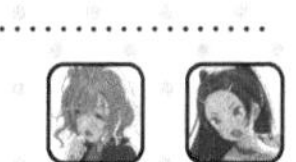

「そうですね！　ぜひぜひ……、はい……」

「さ〜、それでは、そろそろなぜこのふたりが呼ばれたか、ご説明しましょう〜」

「あ！　そうですね！　実はゲームアプリ版の次回のイベントが開催決定しています！　次回はなんと！　ミントが演じる滝沢みみと！」

「あたしが演じる大河内亜衣の物語が展開されていきます——」

to be continued……

『ティアラ☆スターズ☆レディオ』の第26回収録日。

御花飾莉がブースに入っていくと、既にそこには双葉ミントの姿があった。

子供特有のやけにさらさらな髪を流し、くりっとした瞳やぷにっとした頬が庇護欲を誘う。顔も身体も不安になるくらい小さく、細すぎる腕は目を逸らしたくなるほど。

ウサギのマークのTシャツに薄手のパーカーを重ね、下はハーフパンツを穿いていた。

彼女は双葉スミレという大女優の娘だし、家にもお金はいっぱいあるだろうに、なんだか服装はちゃんと小学生！　という感じだ。

「お疲れ様です」

飾莉に気付いたミントが、ぺこりと会釈してくる。

飾莉はひらひらと手を振りながら、「お疲れ～」と向かいの席に腰掛けた。

ミントは傍らにランドセルを置き、ノートと教科書を開いて睨めっこしている。

「ミントちゃん、何してんの～？」

「宿題です。さんすう」

鉛筆（シャーペンじゃなくて、鉛筆！）でカリカリ、と一生懸命数字を書いている。

その光景を見ていると、思わずうわあ、と声が出た。

「宿題か～……、めんどくさいよねぇ、そういうの」

少し前まで学生だっただけに、その煩わしさにげんなりしてしまう。

卒業したときは、もう勉強からも宿題からも解放だ！　と思っていたのに、むしろ今のほうが勉強も宿題もたっぷりある。

己の境遇に苦笑しながら、ミントに話し掛けた。

いい大人だったら邪魔しないようにそっとしておくのだろうが、飾莉は悪い大人だ。

「ミントちゃん、偉いねぇ。空き時間を使って、宿題するなんて」

仕事と学校の合間に宿題を片付けるなんて、何とも立派な小学五年生だ。

しかし、ミントはノートに目を落としたまま、さらりと答えた。

「そうでもないです。宿題はやらなきゃいけないことなのに、仕事場でやってたら『偉いね』って褒められて評価が上がるから、これ見よがしにやってるだけです」

「ちょ、ちょよこざい……！」

思ったよりも、したたかだった。

小学五年生がそんなことを考えているのは、なんだかショック。

けれど元々、彼女は関係者に対しては物凄く折り目正しい。

人生の大半を業界で過ごしているだけに、そういったことには自然と順応していくのかもしれない。

……結構苦労しているみたいだし。

「よし、終わり」

ミントはノートをぱたんと閉じる。

ミントがこちらに顔を向けると、かわいいヘアピンがきらりと光った。

「御花さん。最近、歌種さんと会いました？」

「うん？　えー、どうだろ～。会ってない、ような気がするけど。いちいち意識しないから忘れちゃうなぁ。なんで～？」

飾莉の質問に、ミントは憂鬱そうに息を吐いた。

頬杖を突いて、唇を尖らせる。

「なんというか……。前は、ライブの練習で毎日のようにみんな集まってたじゃないですか。それがなくなって、つまんないなって思ってるだけです」

その態度と口ぶりに、飾莉の感情がうずうずする。

にやあっと笑みを浮かべながら、ミントの顔を覗き込んだ。

「そういうこと～？　ミントちゃん、寂しいんだ～？　そうだよねえ、ミントちゃんってやすみちゃんに懐いてたもんねえ。そっかぁ、寂しいかぁ。お姉さんが慰めてあげよっか？」

それを聞いて、ミントはすぐに顔を真っ赤にした。

見るからに意地になった様子で、大きな声で反論する。

「はぁ!?　だれも寂しいなんて言ってません！　キョッカイするのはやめてください！　ただちょっとつまんないって言っただけじゃないですか！　御花さん、性格悪いですよ！」

「ごめんって〜」

ミントの反応が素直すぎて、キャッキャしてしまう。

本当に寂しがっているだろうから、あまりイジると泣き出しそうだ。

ほどほどにして、彼女の言葉を受け止めた。

「そうだねえ。仕事が重ならないと会うこともないしね〜。あたしはむしろ、会うことなくなってせいせいしてるけど。でも、ミントちゃんなら『会いたい』って言えば、やすみちゃんも喜んで来てくれるんじゃないの〜？」

「……別に、会いたいわけじゃないですけど。万が一、わたしがそう思っていたとして。『会いたい』って言うのは、なんか違う気がします」

意地を張っている部分もあるだろうが、その気持ちはわかる。

いくらミントが先輩であろうと、大人ぶっていようとも、年齢は十一歳。

高校生の由美子を呼び出して、遊ぼう、と言うには歳が離れすぎている。

由美子ならきっと来てくれるだろうが、対等の遊び相手というよりは、どうしても子守りになってしまう。

ミントもそこは理解しているのだろう。

無条件で同じ空間にいられた、あの時間はミントにとって貴重だったわけだ。

彼女が素直に、「遊んでください！」と言えるような子なら、また別なんだろうが。

「…………」

それに、飾莉だって人のことは言えない。

自分のことをお説教してくれて、ご飯を奢ってくれて、何かと気に掛けてくれた先輩。柚日咲めくると同じ時間を過ごせたのは、飾莉は素直に嬉しかった。

会う機会がなくて張り合いがないけれど、かといって彼女に「ご飯奢ってくださいよ～」なんて連絡する勇気や可愛げは、飾莉にだってない。

「またライブとかあればいいんですけどね」

ミントはため息を吐きながら、教科書とノートを片付け始める。

「またあるよ、きっと」

気休めではなく、自分の願望も込めて飾莉は答える。

しかし、少しばかりしんみりした気分は、彼女の持つ教科書とノートを見て吹き飛んだ。

そこには、彼女の名前が書かれている。

双葉ミントではなく、本名だ。

名前欄には黒い文字でしっかりと、

『五年二組　山本みんと』

と書かれていた。

「…………。ミントちゃんって、本名もみんとって言うの……？」

その問いかけに、ミントは首を傾げる。

さも当然のように答えた。

「言ってませんでしたっけ。山本みんとです。お母ちゃん……、母が、世界でも通用する名前、ってことで付けてくれました」

「そう、なんだ……、かわいいね……」

「ありがとうございます」

ふふ、と笑うミントは嬉しそうだ。

大女優の考え方はグローバルだなあ……、と慄く飾莉だった。

♥

それは全くの偶然だった。

放課後に若菜たちと勉強会をし、別れたあとに「ついでに買い物しとこう」と、普段利用しない駅で降りたときのこと。

由美子はほかの乗客とともに駅の外に流されながら、「はて、この駅って前に使ったことがあったような」とふと思う。

そこまで考えて、ぱっと答えが思い浮かんだ。

あ、そうだ、収録スタジオが近くにあるんだ。

そう閃くのと、その人たちと出会ったのはほぼ同時だった。

「あ」

「ん」

「……」

見覚えのある二人組とぱっちり目が合い、声が漏れる。

片方は少しだけ驚き、もう片方はいつもの無表情。

わあ、豪華！　と由美子は思わずにいられない。

由美子は満面の笑みで、ふたりの元に歩み寄った。

「お疲れ様です、森さん、大野さん」

そこにいたのは、ベテラン声優の森香織と大野麻里だった。

森はいつもどおりの黒いワンピース。長い黒髪をただ流していて、無表情で佇んでいた。

表情に感情の機微は見られない。歳を取るのを忘れてしまったかのように、相変わらず四十代後半とは思えない姿をしていた。

大野は白のトップスにストライプシャツを羽織り、タイトなネイビーパンツを穿いている。

ヒールを履いているせいか、普段よりさらにスラッとして見えた。

サッパリしたショートヘアが、とても似合っている。

初代プリティアと二代目プリティアを演じた、由美子の尊敬する女性声優である。

『幻影機兵ファントム』では共演し、当時は厳しく指導してもらった。

「ふたりとも、収録だったんですか？」

スタジオが近くにあるから、十中八九そうだろうと思って尋ねる。

すると、大野が複雑そうな表情で腰に手を当てた。

そっぽを向いて、呟く。

「嬉しそーに寄ってきちゃって、まあ」

なぜか歓迎されていないようで、由美子は首を傾げる。

森が静かに、そして端的に「そう」と答えた。

「今からご飯を食べに行くところ」

「余計なこと言うんじゃないよ」

森が抑揚なく答えると、なぜか大野が窘めた。

森香織は、食事や飲みの席には決して出ない、付き合いの悪い声優として有名だ。

しかし大野だけは例外らしく、ファントムの収録の際もふたりで出掛けていた。

いいなぁ～……、と羨ましく思ったことをよく覚えている。

そのあと、奇跡的に森はご飯に連れて行ってくれたけれど。

もうひとりの女性に、由美子は不満をぶつける。

「大野さん、いつご飯連れてってくれるんですか。予定聞いても『また今度な』ばっかだし」

以前、大野に進路の相談をした際、『今度、メシでも行くか』と誘われた。

社交辞令なんて知ったこっちゃない由美子は、そのあと何度か「いつ行きます？」と尋ねたのだが、待てど暮らせど渋い返事ばかりだった。

それを聞いて、大野は口をへの字にする。

嫌そうに、こちらに顔を近付けてきた。

「あんたが受験生だから遠慮したんだっつーの。こっちの気も知らないで。勉強しろ」

態度がよそよそしかったのは、それが原因らしい。

会えば、「ご飯行きましょうよ！」と催促されるのが目に見えていたんだろう。

実際してるし。

少し前の由美子なら、それを言われたら怯んでいたかもしれないが。

「大丈夫です。最近めっちゃ勉強してます。おかげさまで順調です」

今なら胸を張れる。

声優業から離れると案外やることがなく、空いた時間は「じゃあ勉強するか」となる。

仕事の代わりにやっているせいか集中力も高く、めきめきと勉強が捗っていた。

大野は意外そうに目を瞬かせる。

「そうなの？　歌種のことだから、勉強ほっぽって仕事に掛かりきりだと思ってたよ。そういえば、勉強はできるって言ってたね」

その言葉には、苦笑いしか返せないが。

そこで、黙って佇んでいた森がするりと口を開いた。

「それなら、歌種さんもいっしょにご飯行く？」

「おい」

「え、いいんですか」

森の誘いに、大野と由美子の声が同時に重なる。

ぜひ行きたい。

めっちゃ行きたい。

初代プリティアと二代目プリティアのふたりとご飯だなんて、夢のようだ。

しかし、大野の許可が出ないならダメだろう。

物欲しそうに大野を見ると、彼女は頭を掻きながらため息を吐いた。

「わかったよ、そんな目で見るな。受験勉強も順調だって言うし、ちょっとだけね」

「やたっ。ありがとうございます、大野さんっ」

「はいはい……、ま。森が誘う後輩なんて、あんたらくらいだしな」

と、いうわけで。

大野と森に連れられて、近くのお店にやってきた。

元々行くお店は決まっていたらしい。上品な佇まいの居酒屋だった。

間接照明が店内を照らし、落ち着いたBGMが静かに流れている。

店内の雰囲気もよく、とても居心地がよさそうなお店だ。

掘りごたつの個室に通されたあと、大野がメニューを開いてこちらに向けた。

値段はお店の品格と比例しているらしく、数字におおう……、となってしまう。

「歌種、遠慮しないでいいからね。好きなもの頼みな」

「大野のおごり？　ご馳走様」

「ふざけんな。森とあたしで割り勘だっつーの」

ふたりのやりとりに笑いつつ、ご馳走になります、と由美子は頭を下げた。

当然由美子はお酒を飲まないが、お酒を飲む人との食事は慣れている。

適当に料理を注文すると、ふたりのビール、由美子のオレンジジュースが卓に届いた。

「はい、乾杯」

「かんぱーい」

「乾杯」

なんともまばらな乾杯とともにグラスを合わせ、ごくごくと喉に流し込む。

ふたりはいい飲みっぷりだった。

どうやらお酒にも強いようで、特に森は一切表情も態度も変えない。

大野は少しだけ饒舌になるようで、「歌種、森はこいつ本当になぁ」と本人の目の前で様々なエピソードを話してくれた。

楽しい飲み会だった。

そうして、しばらく三人で料理をつついたあと。

おもむろに、大野がこんなことを言い出した。

「で、歌種。今日はなんか相談でもあんの」

「え？」

そんなつもりはなかった。

単純に、大野たちとご飯に行きたかっただけだ。

ただ、大野は以前も同じようにそう切り出し、由美子は結局相談に乗ってもらった。

もしかしたら、彼女は普段からそうして後輩の相談に乗っているのかもしれない。

大野は、生き残れると思った声優としか関わろうとしない。

裏を返せば、そう思った相手には面倒見がいいのかもしれなかった。

「そうですね……、聞いてもらってもいいですか……？」

何せ、相手は経験も芸歴も豊富な、尊敬する先輩ふたりだ。

今の状況を伝えれば、的確なアドバイスをもらえるかもしれない。

由美子は、声優としての自分を振り返る。

『歌種やすみ』を振り返る。

聞いてもらいたい話、助言をもらいたい悩みはたくさんあった。

それを淡々と語っていく。

「あたし今、全然仕事ないんですよ。今期なんて、アニメの仕事はゼロだし。オーディションにも受からなくて。それが、どうしても不安で。焦って。仕事は楽しいんですけど……、他人に嫉妬したり、苦しいことも多くて。まぁ売れてないから、当たり前なんですけど……。これっていつまで続くのかなって」

慣れ親しんでしまった、悩みや不安。

そこまでは、由美子もはっきりと自覚している感情だった。

千佳への想いや、今の状況の不甲斐なさ。

付き纏う恐怖。異様なまでの無力感。

普段感じていることを、そのまま口にするだけ。

しかし。

それだけでは、なかった。

気が付くと、ほとんど無意識のうちに言葉を繋げていた。

それは、『歌種やすみ』と『佐藤由美子』の乖離が原因だった。

「今あたし、マネージャーから『受験生だから勉強に集中しろ』って、オーディション受けるのを止められてるんです。そしたら……、そしたら。あたし、今めっちゃ学校が楽しいんですよ。嫉妬も不安もなくて、すっごく穏やかで」

いつの間にか目を伏せていて、それでも独白のように続けてしまう。

「友達と文化祭の準備をしたり、勉強会やったり。演劇なんかも今度やることになって。それがめっちゃ楽しくて、心地よくて、物凄く楽なんです。そのせいかな、そのまま流されちゃいそうで……」

そんなこと、言うつもりはなかったのに。

いつの間にか、自分の弱さをさらけ出していた。

大野も森も、声優業界の第一線に常にいる。

そんな人たちにすべき話じゃないのに、がっかりされるかもしれないのに。

甘っちょろいことを言うな、と叱咤されるかもしれないのに。

だけど。

『でも由美子ってさ、たまにめっちゃ辛そうなときあるじゃん』

若菜の声が、頭の中に響いていた。

その声が証明するように、辛かった出来事が頭を占めている。

今まで自分は、それを当然のように受け入れていたけれど。

それは当たり前のことじゃない、とやさしく否定された。

だって、由美子が今いるこの場所は、そんな世界じゃないのだから。

もう由美子は、知ってしまった。

理性が「言うな」と訴えているのに、それでも由美子は吐き出してしまう。

「あたしは、声優をやるのが苦しいのかもしれない……」

かもしれない、じゃない。

苦しい。

自分で口にして、はっきりと自覚した。

愕然としながら。

仕事がないことに焦り、強い嫉妬を覚え、答えのない演技に思い惑い、生活は仕事中心になり、未来に不安を覚え、悩みは尽きず、芸歴と歳を重ねることに怯え、重圧に圧し潰される。

そんな生活が、苦しくないわけがない。

由美子にとって学校は、楽しくて楽しくて、楽しくて仕方がない場所だ。

そこからわざわざ出て行き、苦しみながら声優の道を歩いていたことを。

自覚、してしまった。

「…………」

ふたりは無言で、日本酒を口に含んでいた。

呆れて物も言えないのかと思ったが、そうではなく。

由美子の気持ちが落ち着くのを待っていたのかもしれない。

由美子が、『声優が苦しい』と自覚したのは、かなり大きなショックだった。

まさか、自分がそんなことを感じていたなんて。

大野は由美子をしばらく眺めたあと、ゆっくりと口を開く。

「あのな、歌種。たぶんだけど、あんた何か勘違いしてる。売れてないから悩みが尽きない、売れたら悩みはきっとなくなる……、なんて思ってないか。あたしらを見て、何も悩みがないんだろうな～、とか考えてるだろ」

「悩みがない、とは言いませんけど……」

少なくとも、自分みたいにウジウジ悩むことはないと思っている。

大野はため息を吐いてから、親指で森を差した。

「まぁ。こいつはアホだから、悩みなんてないかもしれないけど」

由美子は苦笑するしかない。

森香織をアホ呼ばわりできる人なんて、きっとこの世に大野だけだ。

森の表情は変わらないものの、むっとしたらしい。

こんなふうに森の感情を動かせるのも、大野だけかもしれない。

「そんなことない。わたしにだって、悩みはある」

「森さんにも、あるんですか」

反射的に聞いてしまう。

森香織は、ずっと最前線で活躍している声優だ。

現場での立ち振る舞いも堂々としていて、周りの目も全く気にしない。

そんな彼女が抱く悩みを、淡々と口にしていった。

「単価が高いから、あんまり呼ばれなくなる。安さと若さでは、新人には絶対に勝てない。そういう子たちが主役を持っていくのを見ると、若さが羨ましくなる。事務所も主役のオーディションなんて、なかなか回してくれないし。そんなとき、いつも思う」

森は一度言葉を区切ると、目を前に向けた。

その瞳には何も映していない。

真っ黒な瞳のまま、ぞわっとするようなことを言う。

「『わたしのほうが上手いのに』——、って」

それは、そうだろう。

森と真っ向から競って、勝てる声優なんてそうそういるものじゃない。

だからこそ、「あっ」と気付いた。

大野は頬杖を突き、皮肉げな笑みを浮かべる。

「まぁなぁ。自分のほうが上手いのに、演技も自信あるのに、役を持っていかれる。それに納得いかねーのはわからんでもない。森の声はまだまだ若いし。今でも主役やりたいって思ってるくらいだからな」

森はこくりと頷く。

その悩みは、由美子からすれば物凄く贅沢な悩みだ。

しかし、『自分のほうが上手い』と確信しながら、自分のやりたい役を取られていくのは。

それはそれで、耐え難い苦痛のような気がした。

由美子がそう感じていると、大野とぱっちり目が合う。

彼女は、肩を竦めながら言葉を付け加えた。

「まぁでも、こいつはやっぱアホだよ。普通、後輩に譲ってやらなきゃ、って思うだろ。三十年いんだぞ、この業界に。なんで新人と張り合ってるんだよ、アホか」

「知らない。わたしより下手なのが悪い」

アホ呼ばわりする大野も、しれっと返す森にも、由美子は苦笑いしかできない。

大野の言うことはもっともだが、声だけで演じるのが声優だ。

森は今でも十代の役を不自然なくこなしてしまうし、その演技力も凄まじい。

役への貪欲な執着を、年齢で切り捨てられるのは辛いかもしれない。

だが、大野は面倒そうに指摘する。

「あのな、歌種。今のは悪い例。こいつ、平気な顔してプリティアのオーディションを受けようとするくらいだぞ。後輩から怒ってやれよ」

「え……、えぇ⁉　も、森さん、なんでそんなことするんですか⁉」

頓狂な声を上げてしまう。

だって、森香織は『魔法使いプリティア』で初代主人公を演じた声優だ。

だというのに、なぜまたプリティアになろうとしているのか。

森は、まるで悪びれずに答える。

「わたしが初代を演じたのは、十年以上前。それから十作品以上も出てる。そろそろ、わたしがもう一度出てもいいと思う」

「勘弁してくださいよ……、みんなプリティアになりたくてしょうがないんですから」

脱力してしまう。

全員がそうだとは言わないが、やはり『魔法使いプリティア』の出演は、女性声優が目指すステージのひとつ。

年に数人しかなれないのに、年々声優の数は増えて、必死で取り合っている。

なのに、森が再び参戦するのは反則だろう。

けれど、彼女は「わたしより下手なのが悪い」と繰り返すだけだった。

そして、大野が静かに話を戻す。

一度緩んだ空気が、ピン、と張り詰めていった。

「新人に道を譲る。そういう理由もあるけど、普通、声も歳を取るんだよ。歳を取れば、若いキャラがどんどんできなくなる。でも、アニメの主要キャラは若者が多いだろ。その乖離に耐えるのは、なかなかにしんどいぞ。今のあたしの悩みは、そこかな」

それに、と続ける。

「この年齢になってくるとな、監督やスタッフ、マネージャーが年下ってこともざらにある。先輩もどんどん少なくなる。そうなってくると、意見してくれる人も同じように減ってくんだよ。自分は周りとズレていないか？　このままで正しいのか？　って不安で堪らないよ」

不安で堪らない。

そんな言葉が、大野麻里から出てくるのが信じられなかった。

この人だって、ずっと声優業界で活躍してきた人だ。

悩みなんて知らない、って顔をして最高の演技をしているのに。

言葉を失っていると、大野が前のめりになった。

「いいか、歌種。声優に、安全圏なんて存在しない。不安も悩みも消えることはない。二十代で爆発的に売れていても、三十過ぎた途端に使われないなんて、ざらだ。あるのは四年目の壁だけじゃない。油断すれば、すぐに仕事はなくなる。あたしらは常に消える恐怖と闘ってるし、悩みに苛まれ続ける。これを一生続けていくんだよ、声優は」

はっきりと言われ、由美子は呆然とする。

自分が嫉妬に駆られ、苦しんでいるのは、仕事がないからだと思っていた。

もっと売れていけば、仕事があれば、きっと楽になるのだろうと漫然と思っていたのに。

第一線で活躍する人たちでさえ、今までずっと苦しんできたなんて。

その考えを見抜いたように、大野が由美子の顔を覗き込んだ。

「歌種、ひとつだけ確実なことを教えてやる。あんたは、今初めて気付いたみたいに言ってたけどな。改めて、あたしから言ってやるよ。いいか、声優をやっていくのはな」

大野は、静かに続けた。

「苦しいぞ」

「…………………………」

見たくなかった現実を、叩きつけられてしまう。

由美子の甘えから出た感情ではなく、それがこの世界の当たり前だと。

告げられてしまった。

さすがに言いすぎたと思ったのか、大野は諭すように続ける。

「だから、歌種が『普通の学生が楽しい』と思うことは真っ当だし、ただの学生に戻りたい、と感じても普通。むしろ、こんな苦しみを進んで背負うほうがおかしいよ。普通に生きるだけで、悩みなんて尽きないんだから」

大野はグラスを持ち上げながら、由美子の目をまっすぐに見る。

「それでも、この道を進みたいと思うのなら――、『なぜ、自分は声優の道にこだわるのか』

ってことを考えたほうがいいんじゃない」
大野はグラスを飲み干した。
彼女の言葉を受け止めて、由美子は考える。
このまま声優の道を進んでいけば、ずっと苦しむことになる。
けれど一度手を離してしまえば、心地よい穏やかな生活が待っている。
それを振り切ってまで進む理由を、見つけるべきなのかもしれない。
道しるべを失ったまま歩き出せば、どこかで必ず膝を突く気がした。
「……わかりました。ありがとうございます。その答えを自分の中で探してみます」
未だ整理できていない頭で、お礼を伝える。
すると、森がぼそりと呟いた。
「正気に戻らないよう、ずっと狂い続けるのもひとつの手だけど」
「違いない」
大野がおかしそうに膝を打った。
ひどい提案のようでいて、それはいい方法だったのかもしれない。
少なくとも、由美子は今まで疑問を持たずに走り続けていた。
そういう声優は、きっとほかにもいる。
今回たまたま、正気に戻る機会が由美子に回ってきただけで。

「それなら……、オーディションは受けてたほうがよかったのかなあ……。仕事に触れていたら、正気に戻らなかったかもしれないし……」

独り言を呟く。

別に、加賀崎の選択に不満があるわけじゃない。

おかげで受験勉強は順調だし、この調子でいけば大学受験は突破できると思う。

これは単なる思い付き。

しかし、大野は意外そうに口を開いた。

「あんた、マネージャーがオーディションを受けないようにしたの、受験勉強のためだけだと思ってたの？」

「？　違うんですか？」

きょとんとしていると、大野はへっ、と小さく笑った。

次のお酒を頼むべく、メニューを見ながらバカにしたように言う。

「ガキ～」

「なんですか、それ……」

言葉の意味を尋ねてみても、彼女は一向に教えてくれなかった。

「次のメール読みまーす！　〝新人社畜〟さんから頂きました。『夕姫、ゆいべぇ、こんばんは！』、はい、こんばんは！」

「こんばんは」

「『おふたりのトーク、いつも楽しく聴いています。特に夕姫にデレデレしてるゆいべぇが幸せそうで、よかったです』……、ですって、夕陽先輩！　こういう意見もあるんですよ！」

「そういうのいいから。続き」

「ちぇー。『ところで、おふたりはせっかくラジオ番組をいっしょにやってるんですし、ふたりで遊びに行ったりしないんですか？』……、だそうです！　いいこと言いますね！」

「余計なことを言う人ばかりだわ。ラジオのパーソナリティだからって、プライベートでも会う必要なんてないでしょう」

「そうなんですよ。夕陽先輩、こう言って全然付き合ってくれなくて。あ、でも前にいっしょに本屋さん行きましたよね！　あれ楽しかったです！」

「事実を改竄しないでくれる？　あれはあなたが勝手についてきたんでしょうに。いっしょに行った、っていうのは語弊があるわ」

「だからなんですか？」

「こ、こわ……。ちょっと、急に開き直るのやめて頂戴……。ビクッとしちゃうから……」

「あのですね、夕陽先輩！　前も言いましたけど、締めまーす！」

「びっくりした。あぁ、お時間がやってきたようです。『夕陽センパイ結衣こうはい』エンディングです」

「はいはーい！　それでは告知の時間です！　えー、わたくし高橋結衣、『レベル999の悪役令嬢、チートスキルで無双スローライフ！』の主演・セシリア役をやらせて頂きます！」

「エンディングも歌うのね」

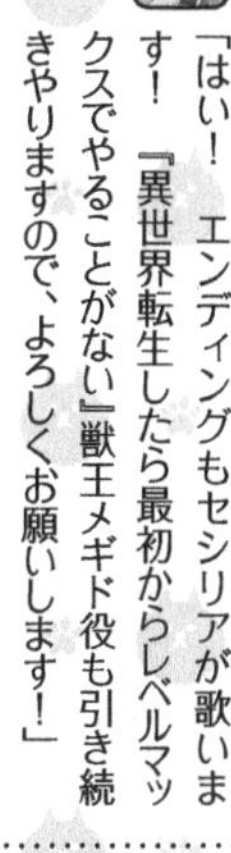

「はい！　エンディングもセシリアが歌います！　『異世界転生したら最初からレベルマックスでやることがない』獣王メギド役も引き続きやりますので、よろしくお願いします！」

「はい。わたし、夕暮夕陽は、『∞デッドエンド』でバニィ役を演じています」

「これ高橋観ました！　夕陽先輩の声、すっごくよかったです！」

「声うるさ……。そして、先日発表されました、『屋上のルミナス』ではシガレット役を演じます。こちらは放送がまだ先ですが、楽しみにしていてください」

「あ！　あれすごかったですよね！　すっごく盛り上がってました！　メールも来てるみたいですよ！　えー、〝不自由なA子さん〟から頂きました！　『夕姫、ゆいぺぇ、こんばんは』」

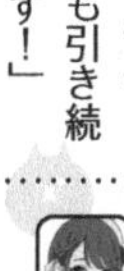

「はい、こんばんは」

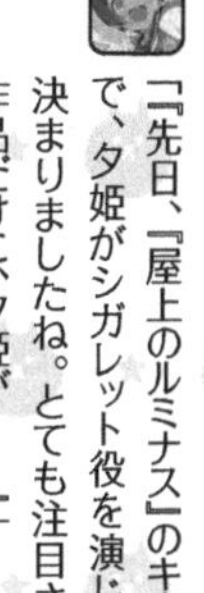

「『先日、『屋上のルミナス』のキャスト発表で、夕姫がシガレット役を演じることが決まりましたね。とても注目されていた作品だけに、夕姫が――』」

to be continued……

オッケーです、と声が聞こえて、イヤホンを外す。

千佳はふぅ、と息を吐いた。

「お疲れ様でしたー！」

向かいに座った結衣は、満面の笑みで千佳と朝加に挨拶をした。

普段だったら、お疲れ様、と千佳も返し、さっさとブースから出て行く。

ここで迅速に出ていかないと、結衣が何かとうるさいからだ。

案の定、結衣は席を立つとこちらにまとわりついてきた。

「夕陽せんぱーい！　さっきのメールじゃないですけど、たまには高橋とどこか寄りませんか？　ちょっとお茶でも、ご飯でも！」

子犬のように尻尾を振る結衣は、可愛げがないわけではない。

ただ、付き合うにはパワーが有り余りすぎだ。

それに、今日はどちらにせよ彼女の誘いには応えられない。

「悪いけど、用があるから。朝加さん。お時間、いいですか」

声を掛けると、朝加はきょとんとした顔で首を傾げた。

「いいけど、珍しいね。夕陽ちゃんがそんなこと言うなんて」

そうかもしれない。

結衣は無許可で千佳に抱き着きながら、朝加に目を向けた。

「あ、お仕事のお話ですか？　高橋がいると邪魔な感じです？」

「ええ。悪いけれど、席を外してもらえるかしら。それと、勝手に抱き着かないで頂戴」

「はいはい、了解です！」

絶対こちらの言葉を無視している結衣は、「ん～！」と千佳に頰擦りしてから、離れた。

お疲れ様でした～！　と元気よくブースを出て行く。

ぷにぷにの頰を押し付けられた部分を撫でていると、朝加が苦笑いをした。

「結衣ちゃんは、本当に夕陽ちゃんのことが好きだねぇ」

それに答えないでいると、朝加はおでこの冷えピタをゆっくりと撫でた。

「それで？　夕陽ちゃんの用って、なにかな？」

「やすのことです」

端的に答えると、朝加は眉を動かす。

意外だと思っているのか、そうだろうな、と思っているのか。

千佳は気にせず、話を続けた。

「最近、やすの様子が変なんですよ」

「やすみちゃんが？」

今度こそ意外そうに、朝加は目を見開く。

うーん、と声を上げながら、背もたれに身体を預けた。

「わたしはそんな感じ……、あぁいや。でも、最近ちょっと元気ないかも、ね？」

思い当たる節があったのか、そう口にする。

朝加の言うとおり、由美子は普段より元気がないように見えた。

それに加えて。

「わたしのことを、避けているみたいなんです」

「えぇ？　避けてる？　やすみちゃんが？」

朝加は目を丸くして、身体を引いた。

まぁそう言いたくなるのもわかる。

由美子は、その手のものから一番程遠い人間だろう。

「わたしもにわかには信じがたいですが。そうとしか思えなくて」

「う、うーん。本人がそう感じるのなら、そうなんだろうね……」

朝加は釈然としない様子ではあるものの、小さく頷く。

「朝加さん、わたし何かやったと思いますか？　身に覚えがないんですが」

いや。

むしろ、ありすぎる、と言ったほうがいいかもしれないが。

普段から口汚く罵り合っているだけに、何かがクリティカルヒットした可能性はある。

けれど今さら、それで千佳を避けたりするだろうか？

朝加も心当たりがないようで、軽く首を振る。

「わたしの知る限り、夕陽ちゃんがまずいことをした、って感じはないよ。でも、見てないところではわからないかな。学校で何かあったとか？」

「そもそも学校じゃ、しゃべりませんし」

千佳が肩を竦めると、朝加が苦笑する。

少し前ならば、文化祭の件で話すこともあったけれど。

準備は終わったし、彼女は今、演劇に夢中だ。

少なくとも、学校で何かがあった、という感じではない。

結局、朝加に相談してみたものの、原因はわからないままだった。


翌朝。

千佳はいつもどおり、ひとりで通学路を歩いていた。

ほかの生徒にまじりながら校門をくぐり、昇降口に入っていく。

下駄箱の前に行くと、見覚えのある女子生徒が靴を履き替えていた。

彼女は千佳に気付くと、明るく笑いかけてくる。

「あ。渡辺ちゃん、おは～」

「おはよう、川岸さん」

上靴のつま先をとんとん、と床で叩きながら、若菜は手をひらひらさせた。

由美子に関する質問相手には、うってつけと言える。

「川岸さん、ちょっといいかしら」

「？　いいけど、どしたん？　渡辺ちゃんったら、珍しいね」

若菜は先に行こうとしていたが、ニコニコとこちらに身体を向けた。

千佳は靴を履き替えながら、口を開く。

「佐藤のことで、聞きたいことがあって。あの子、わたしを避けているみたいなのよ」

「避けてる？　由美子が？　渡辺ちゃんを？」

若菜は頓狂な声を上げて、千佳をまじまじと見た。

朝加と同じ反応をしてから、大きく首を傾げる。

「何かの間違いじゃない？　由美子が他人を避けるところなんて見たことないよ。あの性格だから、避けられることはあるけど。まぁそれも大体長くは続かないけどね」

若菜は明るく笑った。

佐藤由美子は、避けられることはあっても避けることはなさそうだ。

クラスの中心人物で、容姿もいい彼女を気に喰わない人はいるかもしれない。けれど、そんな相手にも笑顔で近付いていって、いつの間にか懐に飛び込んでいるのが由美子だ。

『嫌いだから。あんたらみたいに生半可な気持ちで仕事する奴らが、一番腹立つ。嫌い』

『そういう意味では、あんたが一番甘っちょろいよ、歌種やすみ』

そんなふうに敵意丸出しにしていた弊社ブルークラウンの先輩声優も、今では懐深くに飛び込まれすぎてマウントを取られている。

だからこそ、今の由美子が不可解なのだ。

「わたしも同感だけれど。でも、そうとしか言えないのよね」

由美子は千佳を避けている。その表現が一番的確だった。

若菜と話をしている間に、教室に辿り着く。

教室には、既に大多数の生徒が登校してきていた。

教室の中央に集まって、なにやらイラストを見せ合っている。

「クラスTシャツって言ったら、こんな感じじゃないの？」「んー、三年一組は入っていたほうがよくない？」「あぁそれと焼きそばの絵は絶対マスト！」と声を上げていた。

文化祭の準備は大方終わったと思っていたが、新たにやることを見つけているらしい。

本当にお祭り好きだこと。

その力いっぱい楽しんでいる人たちの近くに、由美子はいた。

彼女は委員長と向かい合って、台本片手に話し込んでいる。

こちらはこちらで、文化祭に向けて頑張っているらしい。

教室は、どこか浮ついた空気で満たされていた。

若菜に無言で「見ていて」と手で伝え、由美子に近付く。

「佐藤。ちょっといい？」

委員長と楽しそうに話していた由美子に、声を掛ける。

由美子はビクッとして顔を上げた。

目が合うと、急に視線がおどおどと宙を彷徨い始める。

「え、今？　あ、ええと、なに。大事な用？」

「緊急性のあるものではないけれど」

「それなら、あとでいいかな。ほら、今、大事な話をしてるから……」

「あ、由美子。別にあとでもいいよ？」

委員長が気を利かして、ね、と笑いかけた。

それは由美子にとってはいらぬ気遣いだったろう。

微妙な表情を浮かべて、困ったように千佳と委員長を交互に見ている。

そこで、由美子は白々しく「あっ」と声を上げて、席を立った。

「ごめん、渡辺。今は無理。ちょっと、電話してくるから」

たどたどしく理由を告げたあと、由美子はスマホ片手に教室から出て行ってしまう。

千佳は、その背中を冷ややかに見送った。

若菜がちょこちょこと寄ってきて、おかしな表情を浮かべる。

「あれは、変だな？」

「変でしょう」

教室の出入り口を見つめて、そう言い合う。

事情がわからない委員長が、不思議そうにこちらを見上げていた。

若菜は腕を組み、身体ごと首を傾げてみせる。

「確かにあれは、避けていると言っていいかも。そして由美子は、今まで人を避けるなんてしてこなかったから、あんなへったくそな態度になっているのかもしれない」

「まぁ、レベル低そうだったわね。若葉マークって感じ。他人への拒絶の仕方が初心者」

呆れの混じった声を出す。

逆に言えば、由美子が今まで取らなかった態度に踏み切るほど、千佳に思うところがあるわけだ。

それはいったい、なに？

「……行ってくるわ」

このまま放っておいても、気持ちが悪い。

千佳は教室を出て、辺りを見渡す。

由美子は所在なさげに壁に背を預け、スマホをつまらなそうに見ていた。

電話なんてしていない。

由美子が千佳に気付き、あっ、という顔をする。

そのまま、踵を返そうとした。

「……佐藤。なんなの？」

彼女の手を握り、強引に問いかける。

「な、なにが？　何の話？」

「あなた、変よ。なにその態度。ここ最近、わたしを避けているでしょう」

「へ、へぇ～？　そんなことないけど？　渡辺さんったら、自意識過剰なんじゃないの？」

彼女は髪を撫でながら、ぎこちなく答えている。

図星です、と申告しているような態度に、千佳はため息を漏らした。

「出たわ。あなたのそういうところ、本当に嫌い。あなたね、人に『ごまかすのが下手』なんて言ってくるけれど、あなたも大概よ？　なにその大根役者っぷり。本当に芸歴四年目？」

「は？」

皮肉たっぷりで返してやると、由美子はカチンときた表情になった。

眉を吊り上げ、こちらに指を差してくる。

「あんたには言われたくないっつーの。言っとくけど、ごまかそうとするときの渡辺、小学生以下の演技力だから。子供より嘘が下手だよ。人の振り見て我が振り直せば？」

「あらあら、あなたからそんな熟語が出てくるとはね。驚きだわ、よくできたわね。偉い偉い。あとは、その頭の悪そうな格好も卒業したら完璧なのだけれど」

「こいつ……」

わあわあと言い合いになり、お互いに罵詈雑言を投げつける。

しかし、目を三角にして語気を荒らげる由美子は、さっきよりよっぽど生き生きしていた。

彼女はこちらのほうがいい。

そして、しばらく言い争いを続けて、収まった頃。

改めて彼女に尋ねた。

「それで？　なんだったの。言いたいことがあるなら、はっきり言いなさいな。あなたらしくもない」

そう水を向けると、由美子は途端に勢いを失う。

視線を逸らしながら、唇をむにむにと動かした。

「だから、別に何もないっての……。いちゃもん付けないでくんない？」

そう言いながらも、その目には何かしらの感情が見え隠れしていた。

……なんなの、本当に。

千佳は大きなため息を吐く。

ぐいっと彼女に身体を寄せて、至近距離で睨みつけた。

「そういうのをやめてと言っているのよ。何か思うところがあるんでしょう？　なんなの？　言葉にしたほうがお互いスッキリするでしょうに。言いなさいな」

力強くはっきりと告げると、由美子は「うっ」という顔をした。

これだけ言っても、そろりそろりと視線を逸らそうとする。

なので、ガッと頰を摑んでやった。

やわらかな頰が指の間で形を変え、むにっと唇が突き出される。

「……なにふんの」

「不快だから。はっきり言って頂戴」

「何もないって……」

何もないわけがないくせに、由美子は目を合わせようとしない。

腹立たしいので、そのまま頰を軽くつねってやった。むにむにと引っ張ってやる。

それでも彼女は抵抗せずに、ただ視線を逸らしている。されるがままだ。

ぺたぺたと頰を触ってみても、彼女は気まずそうに無言を貫いている。

本当になんなの……？

それだけおかしな態度を取られると、千佳としてもやりづらかった。

そうこうしている間に、チャイムが鳴ってしまう。

「ほ、ほら渡辺。チャイム鳴ったから。行かないと」

由美子は千佳の手から逃れ、さっさと踵を返す。

そこで彼女が大きなため息を吐いたのを、千佳は見逃さなかった。

いったい、なんだっていうんだろう。


由美子のぎこちない態度は、数日経っても変わることはなかった。

ただ実際のところ、実害はない。

由美子はラジオの収録では普段どおりに話すし、千佳と目を合わせないだけで、仕事の話はできていた。

だから、むしろ快適だとさえ言える。

話さなくていいのなら、そのほうがいい。

仕事だけの、ごく最低限の関係は千佳の理想形と言えた。

「……だというのに。なぜ、こんなにもイラつくのかしらね」

千佳は独り言を呟いて、事務所の廊下を歩いていく。

今はむしろ、結衣とのラジオのほうが気楽なくらいだ。

まさか、こんな気持ちになるなんて。

廊下をカツカツと歩きながら、心のざわめきを鬱陶しく感じる。

早く元の空気に戻ってほしいと願っていることに、自分でもうんざりしていた。

「まぁ。今のままだと、気持ちが悪いから。居心地が悪いから。それだけよ」

そう結論付けていると、ちょうどよく見知った人物を見つけた。

幸運だ。

チャンスがあれば、彼女とふたりで話したいと思っていた。

千佳はそっと気配を消すと、足音を立てずにその背中に近付く。

気付かれないまま、耳元で囁いた。

「おはようございます、柚日咲さん」

「んひっ⁉」

可愛らしい悲鳴が、すぐそばで聞こえた。

全身がぶるりと震えあがり、囁いた耳が急激に赤くなる。

彼女は耳を押さえながら、泣き笑いのような表情で振り返った。

彼女はわかりやすく動揺しており、壁に背中をバン！　と叩きつけている。

痛そう。

ブルークラウン所属、柚日咲めくる。

弊社の先輩声優である。

可愛らしい小さな顔に、吸い込まれそうな大きな瞳。甘い顔立ちがとても愛らしい。

さらさらの髪が揺れていて、触れたら心地よいのだろうな、と思った。

不安を覚えるほど肩は細く、身体は華奢。

なのに、胸はふっくらと服を押し上げていた。

「夕暮……ッ！」

めくるは忌々しそうにこちらを睨んできた。

明らかに文句を言いたげで、実際口は開きかかっていたのだが、面倒なので聞く気はない。

離れた分だけズズイっ、と近付くと、めくるは途端に慌てた表情になる。

両手をこちらに突き出し、顔を逸らした。

「な、なになになに、あんまり近付くなっ！　怖いんだって！」

真っ赤な顔で、そんなことを訴えられる。

「なんですか、人を化け物みたいに。わたしは、聞きたいことがあるだけです」

千佳の淡々とした物言いに、めくるはようやくこちらの顔を見た。

物凄いしかめっ面で、「うへぇ……」と聞こえてきそうな唇の形をしている。

すんごい嫌そう。

「そんなに嫌そうにしなくても」

「あんたらに絡まれると、ろくなことがない……」

「まぁまぁ」

「まぁまぁじゃない！　迫ってくるな！」

構わずにズイズイと近付き、そのまま壁際に追い詰めた。

めくるを囲むように、千佳は壁に手を付ける。

ただでさえ赤い顔がさらに真っ赤になり、彼女は目を回し始めた。

「な、なんでいちいち壁ドンすんの、あんたは……ッ⁉」

「周りに聞かれたくない話ではあるので。柚日咲さんに、お願いがあるんですよ」

「お願いィ……？」

くらくらしているのか、ふらふら頭を揺らすめくるにそう囁く。

ふにゃふにゃと崩れ落ちそうなめくるだったが、その言葉で少しだけ態勢を戻した。

「……お願いって、なに」

「聞いてくれるんですか」

めくるはそっと目を伏せて、羞恥に耐えるような顔で呟く。

「……わたしが、究極的にはあんたらに逆らえないのは知ってるでしょ。さっさと言って」

柚日咲めくるは、千佳たちに多くの弱みを握られている。

きっと由美子なら、「そんなこと言わないでよぉ～」なんて流し、悪用しないのだろうが。

千佳は悪い女なので。

「…………………」

なんでも言うこと聞いてくれるのかな、なんて思ってしまう。

たとえば、前々からとても気になっていた、めくるの豊かな胸とか。

触らせてください、とお願いしてみたら、受け入れてくれるのだろうか。

触っていいなら、触ってみたい。

お願いするだけ、してみようかな。

「…………………」

そんな邪な思いを抱いたものの、まぁいいか、と思い直す。

触りたくなったら、由美子がいるし。

そう思って、元々のお願いを引っ張り出した。

「やすの様子が、なんだか変なんです。もしかして、柚日咲さんならその理由もわかるんじゃないかと。それを相談したくて」

めくるは何かと、千佳たちの心の機微に聡い。

千佳がわからないことでも、実は知っていたりするのではないか。

めくるは訝しげに顔を上げて、「……そういうことね」と嘆息する。

元の先輩の顔になり、めくるは千佳の壁ドンからそっと抜け出した。

「あんたら、本当に似たもの同士よね」

「……？　何か知ってるんですか」

「知ってる。でも、言わない。自分で何とかしないと、意味ないと思うから」

その知ったような口ぶりが気に喰わず、千佳はじり……、とめくるに迫ろうとする。

しかし、「言わないっ！」と声を荒らげられたので、やむなく諦めることにした。

距離を保ったまま、めくるはぴっと指を差してくる。

「それなら、これだけはアドバイスしてあげる。あんたらしくないことはやめな。変に及び腰にならないで、言いたいことははっきりぶつける。さっきのあんたみたいに、相手の逃げ道を塞いで。まっすぐに。何を怖がってるか知らないけど、それが一番の近道でしょ」

その言葉に、千佳はむっとする。

「別に怖がっていませんが」

「どうだか。あんたは人付き合いが苦手だから、こういうのもおっかなびっくりなんじゃないの。余計なことを考えずに、普段どおりにすればいいよ」

そんなことを言われてしまう。

確かに、朝加や若菜も驚くような『由美子に避けられる』という状況に、千佳も困惑していた節はある。

周りの人に意見を聞いている時点で、自分らしくはない。

めくるの言うとおり、もっとストレートでいいんだろうか。

♥

――時間は少し、遡る。

その日も由美子は、委員長たちと演劇の練習をしたあと。

学校帰りに、若菜といっしょに本屋へ寄り道をしていた。

参考書を買うためだ。

最近は演劇の稽古にお熱だが、受験勉強ももちろん忘れていない。

「いやぁ。それにしても、由美子と委員長の劇、だいぶ形になってきたんじゃない？」

「そっかな」

若菜の素直な賞賛に、頬を掻いてしまう。

若菜はしょっちゅう由美子たちの稽古を見学していて、そのたびに拍手してくれた。

「やっぱ役者を長くやってただけあるよね～。由美子の演技、惹き込まれるもん」

腕を組んだ若菜が、うんうん、と頷いている。

まっすぐに褒められるのは気恥ずかしいが、やっぱり嬉しかった。

現場では、手放しで褒められることはなかなかない。

数年役者をやっていたのは事実だし、ちょっぴり鼻も高くなってしまう。

「…………」


先日、大野と森に相談に乗ってもらった件については、まだ答えは出ていない。

自分が声優を苦しいと感じていたこと、それが普通であること、それでも声優の道を行こうとするのなら、理由が必要なこと。

大野からはそう教えられた。

そのことについて考えなくてはならないのに、どうしても目を背けてしまう。

つい、目の前のことに集中してしまっていた。

……おかげで、稽古も勉強も順調ではあるのだが。

若菜と話しているうちに本屋に辿り着き、賑やかな店内を見渡した。

ずらりと並ぶ本を眺めながら、由美子たちは棚の間を抜けていく。

「先生が言ってたオススメ、なんてやつだっけ？」

「待って～、スマホにメモっておいたから～」

若菜がスマホを取り出しながら、参考書の棚に向かう。

すると。

「えっ、これアニメ化するんだ！」

そんな声が聞こえてきて、つい視線をそちらに向けた。

中学生らしき女の子たちが、『メディア化決定！』と書かれた棚の前で話し込んでいる。

「あ……」

その子が持つ漫画を見て、由美子はつい声を漏らしてしまった。

若菜はまだ、スマホを見ている。

だから、由美子はその子が持つ本から目を離せなかった。

『隣のくのいちさん』

突然学校に通うことになった伊賀忍者の九ノ市さんと、元々その学校の生徒だった甲賀忍者の黄河くんが繰り広げる、ドタバタコメディだ。

由美子が、オーディションを受けた作品だった。

当時は気合を入れてオーディションに挑んだが、合格の連絡はこなかった。

由美子が受けたのは、九ノ市さんの無二の親友になる、御都之ちゃん。

それなりに手応えがあった役だった。

「うわぁ、アニメ楽しみだなぁ。いつ放送？」

彼女たちがはしゃいでいるのを見て、胸がきゅっとする。

オーディションに落ちた作品は、どうしても「落ちた」という感情を引きずる。

だから由美子は、できるだけそういったアニメの情報は入れないようにしていた。

だからこそ彼女たちの話は、由美子が本来取り入れることのなかった情報。

それが、聞こえてくる。

「声優だれ？　もう決まってる？　あ、帯に書いてある！　あぁ〜！　主人公の声、星空見上さんだって！」

「御都之ちゃんは？　あたしの御都之ちゃんはだれがやるの？」

ビクリとする。

声優に詳しい子たちなのか、声優がだれかを楽しそうに話し込んでいた。

そして、彼女は由美子の聞きたくない部分を的確に声に出してしまう。

「御都之役……、綿菓子モコ……、え、だれだろ。知ってる？」

「知らなぁい。売れてない人なんじゃない？」

容赦のない言葉に立ち眩みを覚えながら、由美子はその名前を飲み込む。

飲み込んで、しまった。

自分が受けた役はだれが合格したのか、だれが声を当てるのか。

知っても辛くなるだけだから、見ないようにしていたのに。

「うあ。ごめん、由美子！　バイト先から電話掛かってきた！　ちょっと出てくるね」

タイミングの悪いことに、若菜がスマホを持って離れていってしまった。

ここで若菜がそばにいれば、由美子は『佐藤由美子』のままでいられて、彼女らの話を聞き流せたかもしれない。

しかし、『歌種やすみ』が顔を出してしまった。

鼓動がドクドクと早まるのを感じながら、その人の名前を口にする。

「綿菓子……、モコ……」

知らない。聞いたことがない。

由美子が関わったことのある声優ではない。

その人のことが、知りたくて知りたくて仕方がなくなる。

こうなるとわかっていたから、情報を入れないようにしていたのに。

胸を押さえながら、由美子は店の端に速足で移動する。

スマホで調べるとすぐにウィキペディアが出てきて、彼女のことが詳細に書かれていた。

「あっ、新人の子か……。嘘、一年目でこの役取ってるの……？」

自分が、一年目の新人に負けたことを知ってしまう。

ぎゅうっと手に力が入り、背筋に汗が流れていった。

そうなってからは、もう止まらない。

息が荒くなるのを感じながら、由美子は自分が受けた作品を調べ始めてしまう。

先輩ならまだいい。

でも、後輩に役を取られるのは辛かった。

よせばいいのに、次から次へと見てしまう。

ずっと奥で眠っていた感情が、呼び起こされようとしていた。

「ごめーん、由美子。シフトの相談されて～……、って、え、なに。どしたん？　大丈夫？」

「若菜……」

若菜が戻ってきて、心配そうに顔を覗き込んでくる。

慌てて表情を取り繕って、笑顔を向けた。

大丈夫。大丈夫だ。気にしたってしょうがない。

今は学業に専念すべきだから。声優のほうを見たって仕方がないから。

そう立て直そうとしたところで店の入店音が聞こえ、反射的に目を向ける。

それがまた、タイミングが悪かった。

「あれ。渡辺ちゃんだ」

若菜が声を上げる。

確かにそこには、千佳の姿があった。

その隣には見覚えのある女の子。

高橋結衣がそこにいた。

「夕陽先輩！　何の本を買うんですか、やっぱり原作本ですか？　あ、ということは高橋見ないほうがいいですかね？　でもいっしょに本は選びたいんですよ、どうしましょう？」

「うるさ……、勝手についてきておいて、あまりやかましくしないで頂戴……」

結衣が千佳にまとわりつくせいで、千佳はげんなりしていた。

　ふたりがわざわざいっしょに本屋に来るとは思えないし、ラジオか何かの仕事の行き帰り、ということころだろうか。

　……仕事。

　彼女たちは、仕事をしていた。

　由美子が演劇でちょっと褒められたくらいで、いい気になっている間に。

　受験勉強を頑張ろう、と声優を休んでいる間に。

　後輩に役をどんどん取られている間に。

「隣に知らない子がいるけど、挨拶してこよっかな？」

　若菜が千佳たちを見ながら、うずうずしていた。

　するっと千佳たちの元へ向かおうとする。

　その若菜の手を、由美子は無意識に握っていた。

「ん？　由美子、どしたん……？」

「あっ……」

　はっとして、手を離す。

　見つかりたくなかった。

　声優・高橋結衣と夕暮夕陽の前に、佐藤由美子として。

　今の姿を、見られたくなかった。

「あ、あー……。ちょっと、忘れ物しちゃった。取りに行ってくる。ごめん、また明日」

「え、あ、ゆ、由美子？」

居たたまれなくなって、由美子はその場から逃げるように立ち去った。

無論、千佳と結衣に見つからないように。

そんなふうにコソコソしている自分が、より情けなかった。

力が抜けそうな足を叱咤し、街中の喧騒に紛れる。

彼女たちが原作本を買いに来ているのに、自分は参考書なんて探している状況。

それに途方もない虚しさを覚えた。

せめて、役に受かっていれば——、と先ほど調べた名前が頭にちらついてしまう。

「あたしじゃ……、ダメだったのかな……」

無数に受けたオーディションの中で、どれかが合格していれば。

声優・歌種やすみの部分が残っていれば、こんな惨めな思いはしなくて済んだのに。

スマホを持ち上げる。

加賀崎から連絡はなかった。

基本的に加賀崎は、オーディションに合格したときにしか連絡をくれない。

デビュー当初は落ちたときも毎回連絡してくれたし、チョコブラウニーのほかのマネージャーはそうしているらしい。

不合格が知らされない理由は、由美子が想像以上にダメージを受けるせいだ。

『オーディションなんて落ちてなんぼなんだから、気にするな』と言われていたものの、ショックはある。というか、かなりキツい。

メールの文面を見た瞬間、ダメだったのか……、と肩がぐぅ～っと重くなるのだ。

そのせいで『お前にはもう送らん』と言われてしまった。

それで正解だと思う。

今の状態で落ちましたメールを受け取り続けていたら、もっとひどい状況になっていた。

熱に浮かされたように、街中を無意味に歩く。

屋外ビジョンが何かしらのコマーシャルを流していたが、上手く聞こえない。

人の流れに沿いながら、ぐるぐると同じことを考えていた。

作品の名前を思い出したら、再びスマホで調べる。

道の隅に移動してから作品名を検索し、そこに別の人の名前を見た。

歌種やすみの名はどこにもない。

「…………」

由美子が立ち止まっても、周りの通行人は足早に歩いていく。

ほかの声優は、着実に一歩一歩進んでいるのに。

結衣のように、一足飛びで軽々と前を歩く子もいるのに。

由美子は、四年目の壁に阻まれて立ち往生していた。

「…………っ」

ビクッとして、顔を上げる。

突然、聞き覚えのある声が聞こえたからだ。

『わたしは歌う——、こんなにもつまらない世界でも。それが唯一、わたしがここにいる証明になるから。だから——、聴いて』

この声は、桜並木乙女のものだ。

なんでこんな街中で、と出所を探ると、その正体に気付く。

大きなビルに設置された屋外ビジョンに、コマーシャルが流れていた。

放送が決定した、深夜アニメの映像だ。

『屋上のルミナス』。

タイトルとともに、『累計発行部数・三百万部突破！』と派手な煽り文が表示されていた。

『屋上のルミナス』は青年誌に掲載されているガールズバンド作品で、満を持してアニメ化が発表された。制作会社も出版社もかなり力を入れている作品だ。

流れている映像も派手なバンドシーンで、明らかにお金が掛かっている。

「…………」

由美子は、この作品のオーディションをダメ元で受けたことがある。

シガレット、というギターの女の子だ。

とても注目されている作品だし、幅広い展開も期待できる。

それだけに競争率が高かったし、受かると思って受けたわけではなかった。

結果、落ちている。

どうやら、桜並木乙女はボーカルのモモ役に受かったようだ。

キャラクターの姿が大きく映され、『モモ　CV：桜並木乙女』という文字が並んだ。

由美子は息を止めてしまう。

これを眺めていれば、自分が落ちた役にだれが受かったのか、わかってしまうからだ。

『あたしのギターはどこまでも響く。あぁそう、世界の果てだって！　そこで見てて、これがロックだ――！』

ギターのシガレットが声を上げ、キャラクターの姿が現れる。

華麗な作画でギターをかき鳴らしていた。

「あぁ――――あぁ――――っ」

声が漏れる。

強く、強く心が揺さぶられる。

名前が表示されるよりも早く、たった数秒聞いただけでその声がだれのものかわかった。

聴き間違えるものか。

透き通るような清涼感と、それでいて耳に心地よい安定した低音。
だというのに、魂を揺さぶる熱を感じるその声は。

『シガレット　CV：夕暮夕陽』

その名前を、呆然と見上げる。
由美子がオーディションに落ちた役に、千佳が、夕暮夕陽が受かっている。
由美子が受かるとは思えなかった役を、彼女はしっかり自分のものにしていた。
その事実に、絶望的なほどの焦燥感を覚える。
思わず、自分の胸を手で押さえた。
どくどく、どくどく、どくどく。
苦しくなるくらいに心臓が暴れ、熱のせいで炎を纏っているような感覚に陥る。
よろよろと路地裏に入っていき、塀に背を預けた。
ぼうっとした頭は歯止めが利かず、夕暮夕陽のウィキペディアにアクセスする。
そこには彼女が演じた役柄が、いくつも並んでいた。
今年と、去年。
決して少なくない役の数々と、メインキャラクターを示す太字が目に入った。

堪え切れずに、由美子はその場にしゃがみこむ。

身体を丸くして、もがくように顔を伏せた。

『影響はびっくりするほどあったわ。仕事、物凄く減ったもの。アイドル声優らしい仕事はもちろん、アニメやゲームの仕事もね。未発表のものは、あっちからたくさん断られちゃった』

かつて彼女は、そう寂しそうに言っていたのに。

絶対に弱くはない影響を跳ね返して、千佳は上を向いていた。

孤高に、誇らしく。

だというのに、自分はこんなところで這いつくばっている。

「渡辺……っ、あんたは……、あたしのところまで、堕ちたんじゃなかったのか……っ」

暴れ回る激情を少しでも追い出すため、呻くような声を上げる。

あのとき感じた、黒い悦び。

夕暮夕陽が自分の位置まで堕ちてきたとき、由美子は安心し、悦んでしまった。

そんな醜い感情から目を逸らしているうちに、彼女はひとりこの沼から抜け出して、まっすぐに前を歩き始めている。

「なんで……っ、あたしは……っ」

由美子は学校に取り残され、千佳は声優業界を進んでいく。

そちらの道に由美子が行こうとしても、深い沼がそれを許さない。

あぁ。

もしかして——、今までずっと、勘違いしていたのだろうか。

歌種やすみは、夕暮夕陽のライバルになれたと思っていたのに。

あのトラブルのせいで、ほんの少しの間、同じ目線に立てていただけなのか。

あぁ——。

……苦しい。


それからというもの、由美子の態度はひどいものだった。

千佳と上手く接することができなくなってしまった。

教室でも、スタジオでも。

その日のコーコーセーラジオの収録はなんとか無事に終えたけれど、逃げるようにブースを飛び出した。

普段は朝加たちと雑談に興じるところだが、今は千佳の前にいたくなかった。

はあ、とため息が漏れる。

とぼとぼとひとりで帰っていると、廊下に見慣れた背中を見つけた。

自分でも顔がぱあっと輝くのを感じながら、その背中に声を掛ける。

「あ……っ、めくるちゃんっ！」

百パーセントの笑顔で寄っていく。

彼女——、柚日咲めくるは、それはもう、それはもう嫌そうに振り返った。

マスクをしていても、「めっちゃ嫌そう」と一目でわかる表情だった。

めくるは睨むようにこちらを見ていたが、由美子の笑顔を見た瞬間に固まる。

すぐに取り繕うように頭を振ると、面倒そうにマスクを外した。

「うるさい、めくるちゃん言うな。歌種、あんた何か勘違いしてない？　ティアラでは仕方なかったけど、あんたと慣れ合うつもりはないから。わたしはあんたを許しちゃいないし、まだ怒ってるんだからね」

ぷりぷりと怒られてしまう。

当然、由美子だってわかっている。

めくるは裏営業疑惑の一件を許さないし、慣れ合うつもりもない。

プライベートでの接触も、彼女のルールに反する。

それはそれとして、柚日咲めくるは頼れる先輩なのだ。

廊下に人目がないのは確認している。

なので、由美子は後輩として存分に甘えることにした。

「めくるちゃーん……、相談乗ってよー……」

めくるが何か言いかけたが、すべて無視した。

彼女に真っ向から抱き着く。

これでめくるの文句をすべて封殺できることを、由美子はよく知っている。

「ん、んぎッ……！　ちょ、あ、ぐ、ぐぐ、あ、あんた、なにを……ッ！」

悲鳴を押し殺したような声が、すぐそばから聞こえた。

至近距離にある、彼女の顔を見る。

茹でダコのように顔は真っ赤になり、湯気でも出てきそう。

目は見開き、ぐるぐると渦を巻き始めた。口からは熱い息が漏れ出ている。

彼女の両手は不自然に広げられ、「触るのはアウトだ……ッ！」とでも言いたげに、大袈裟に離れていた。

こちらは構わず、めくるの小さい身体をぎゅうっと抱き締める。

彼女はますます遠くを見るような目になり、そのまま気を失ってしまいそうだ。

何度か抱き着いているのに、めくるは一向に慣れない。

彼女が気絶する前に、由美子は本題に入った。

「めくるちゃーん……。あたし、本当に参っててさ……、力貸してくんない……？」

しゅうしゅうと体温を上げ続けていためくるは、ぐったりしていた。

しかし、由美子が本当に弱っていることが伝わったらしい。

ごくん、と唾を飲み込む音は聞こえたものの、振り絞った冷静な声が返ってくる。

「……なに。聞いてやるから、一旦離れて」

彼女が背中をやさしくぽんぽん、と叩いてきた。

それに胸がきゅう～っとなる。

彼女の温もりを手放すのが惜しくなり、強い力で抱き締めて顔をうずめた。

「めぐるちゃん～、好きぃ～」

「ぬあァァ……ッ！　あ、ちょ……！　調子に、乗るな……っ！　あんた、こっちが、ギリギリだ、ってわかって、やってない……⁉　わたしが、気を、失う前に、離せぇ……っ！」

聞いたことのない脅し文句に、由美子は仕方なく身体を離した。

めぐるは運動したわけでもないのに、肩で息をしている。

汗の滲んだ真っ赤な顔で、こちらをキッと睨みつけた。

「二度とするな！」と指を差すものの、声は掠れている。

彼女は赤い顔のまま服と髪の乱れを直し、そこで大きく息を吐いた。

ようやく、息が整ってきたようだ。

「……で、なに。言っとくけど、脅しに屈しただけだから。本当なら、相談なんて聞く気なかったからね」

「なにさ、脅しって」

「……あんた、人に抱き着いておいて……。あぁもういい……。相談ってなに」

「いや、うん……。ここじゃ、ちょっと……。どこか寄らない……？」

指を絡ませながら、そう提案をする。

立ち話でちょっと、という話でもない。

めくるは一度考え込んだあと、目をそっと逸らした。

「……別にいいけど。店には寄らない。あんたと仲良しをするつもりはないから。人に聞かれたくないなら、公園でいいでしょ」

めくるはさっさと踵を返してしまう。

その小さい背中を慌てて追いかけた。

やはり、彼女は頼りになる先輩だ。

「ありがとね、めくるちゃん」

「うるさい。礼なんて言うな。聞きたくて聞くわけじゃない」

そんなつんけんとした態度にすら、愛おしさを覚えてしまう。


めくるについていくと、ほどなくして目的地に辿り着いた。

スタジオ近くにある大きな公園だ。

昼間なら遊ぶ子供たちも多く見掛けるが、陽が落ちた今では人気がない。

めくるは迷いなく、公園の中をするする歩いていく。

彼女が歩みを止めた先には、ベンチがぽつんと設置してあった。

街灯も遠く、薄暗いこの場所なら人が通りかかることもなさそうだ。

「で、相談ってなに」

ベンチに腰掛け、めくるは言う。

由美子が隣に座ると、距離が近かったのか、気まずそうにお尻を動かしていた。

いたずら心で身体をくっつけたくなるが、今からするのは真面目な話だ。

自重して、ふっと息を吐いた。

由美子は自分の手を見つめながら、ぽつりと呟く。

「めくるちゃんってさ……、他人への嫉妬とか焦りって、どう対処してる……？」

いろいろ聞きたいことはあったけれど、真っ先に出てきた言葉はそれだった。

めくるなら、いつものように答えをくれそうな気がした。

けれど、彼女は決まりが悪そうに渋い顔をしている。

頭を掻きながら、目を逸らした。

「……そういう相談なら、わたしは乗れない。あんたも知ってるけど、わたしには役が取れなくて悔しい、っていう感情が欠如してた。嫉妬は、馴染みが深い感情じゃないから」

「今の今まで、それを感じたことってないの？　花火さんに対しても？」

「ない」

断言されてしまう。

目の前の女性が、物凄く大人のように感じられた。

彼女はまるで欠点のように言うけれど、それは美徳ではないだろうか。

思わず、由美子は「いいなあ……」と羨望してしまう。

だって、嫉妬と無縁なら。

こんなに苦しい思いはしなくていいし、醜い自分に失望しなくていいんだから。

しかしめくるは、手を振って寂しそうに答えた。

「よくない。嫉妬はエネルギーだから。自分がそうなりたいから、生じる感情。前を向いている証拠なの。他人に嫉妬できない、っていうのは、十分な欠点でしょ。その欠点をなくすために、わたしは今頑張ってる。これからも声優を続けるためにね」

めくるはつまらなそうに言う。

そういうものだろうか。

だけど、嫉妬に支配されている現状がまともだとは思えない。

「夕暮のことか」

詳しく言っていないのに、他人への嫉妬＝千佳への嫉妬と紐づけられてしまう。

言い当てられたことが、無性に恥ずかしかった。

「なんでわかんの。何も言ってないのに。めくるちゃん、あたしのこと好きすぎでしょ」

つい、混ぜっ返してしまう。

「茶化すなら帰る」

「ご、ごめんって。めくるちゃん、帰らないでよ」

「……手を、握らないで……、あんたらガキどもは、なんでそう、不用意に……」

立ち上がっためくるの手を取ったら、彼女はもう片方の手で顔を覆ってしまった。

ゆるゆると座り直してくれたが、なんとなく心細くて手は握ったままでいた。

めくるは、困った顔で繋がった手をじっと見ている。

「……脈が……、早くなるから……」

ぼそぼそと言いながら、そっと手を外されてしまう。

はあ〜……、と深い息を吐いてから、めくるは大きな目をこちらに向けた。

「夕暮に嫉妬するなんて、あんたにはそれほど珍しいことじゃないでしょ。今さら、慌てる理由がわからないんだけど」

「そういうレベルじゃないんだって……」

夕暮夕陽に嫉妬心を抱いていることは、今さら否定しない。

でも、自身を焼き焦がすような強い炎は、知らない。

置いて行かれて、泣きそうになる寂しさは、知らない。

それほどまでに感情が膨れ上がった理由は、状況の変化が大きかった。

助けを求めるように、今の状況を語る。

「あたしさ……。今期、仕事がなくて。でも受験生だから、オーディションを受けることもやめてて……。普通の高校生やってるんだよ。それがやけに楽しくてさ……。毎日毎日、すごく充実してるんだ。けど……、ユウは声優として前に進んでる。あたしが、のんきに高校生やってる間に……。どんどん置いて行かれる……」

「…………」

めくるは黙って聞いてくれている。

しかし、この恐怖は口にしても軽くはならず、むしろ実感を伴って覆いかぶさってきた。

自然と由美子の背中は丸くなり、肘を脚に置く。

両手を合わせて、口元に当てた。

「あたしは、ユウに嫉妬してるよ。だって、あいつはすごい声優だもん。でも、頑張ってたら、追いつけると思ってたんだよ……。必死に追いかけてたら、いつかは……。でも、あいつはたくさん役を取ってて、あたしはただの高校生で……。それで、こんな苦しくなるくらいなら、いっそ、なんて考えちゃうこともあって……、このままで、も、いいんじゃ、って……」

ぐちゃぐちゃになった気持ちのせいで、声が震える。

ぽつぽつと呟いているうちに、涙が出そうになった。

この場に、めくるしかいないことも大きい。

木々の葉が揺れる音を聞きながら、涙を堪えて続きを口にした。

「そんな自分が情けなくて、怖くて、嫌で……。このままだと、渡辺に八つ当たりしちゃうんじゃないかって……。渡辺と上手く話せなくなったんだよ……。このままだったら、どうしよう……、ひどいことを言っちゃったらどうしよう……」

顔を両手で覆ったら、その瞬間にぽたりと涙がこぼれた。

思った以上に参っていたのかもしれない。

はっ、と涙に濡れた声を漏らす。

そのまましばらく黙って涙を流していた。

めくるは由美子の背中をぽんぽんと叩いてくれて、そっと囁くように口を開く。

「そんなに怖いなら、正直に言えばいいんじゃない。『あんたに嫉妬してどうしようもないんだ』って。内に溜め込んで爆発するより、伝えたほうがあっちだって対処しやすいでしょ」

「え、ええ……？」

この感情を伝える？

思いも寄らない提案に動揺していると、めくるは肩を竦めた。

「あんたは今、ひとりで悶々としているのが辛い。爆発しそうで怖い。夕暮にも変な態度を取ってしまう、それもやめたい。それなら、もう伝えちゃえば。何もしないよりはいいでしょ。第一、そんなことで壊れる関係でもないんだから」

まるで当たり前のことのように、彼女はそう言う。

それは、由美子にはまるで思いつかない方法だった。

この荒れ狂う醜い感情を、千佳にぶつけてしまうなんて。

いくら自分が辛いからって、彼女をこの炎に巻き込むなんて。

「…………」

自分の感情を叩きつける行為は、相手に甘えていると言っていい。

めぐるは、由美子と千佳が『そんなことで壊れる関係ではない』と断言したけれど。

彼女は、本当にそれを受け入れてくれるだろうか。


結局、由美子は踏ん切りがつかないまま、宙ぶらりんの状態で過ごしていた。

どっちつかずの、中途半端。

千佳と会ってもぎこちなく、下手くそな態度を取ってしまう。

そのたびに千佳は訝しむような顔になり、時折、「なんなの？」と問われるが、「なにが？」ととぼけて逃げてしまう。

このままじゃダメだ。

そう思っていても、何も行動に移せなかった。

そんなある日のこと。

普段どおりに登校して、みんなに挨拶をしていると。

「……？　由美子、おはよう。声、なんか変じゃない？」

「あえ？　そう？」

委員長におかしな指摘をされた。

心配そうに「昨日、声出しすぎたんじゃない……？」と顔を覗き込まれてしまう。

「そんなことないと思うけどな……」

ハーヴィーは腹から声を出すことが多いが、由美子だって一応プロだ。

あの程度で喉を痛めるとは思わないが、言われてみると違和感はある。

幸い、アフレコの仕事はないから支障はないけれど。

「………………………」

そんなことを考え、すぐに落ち込んでしまう。何が幸いなのか。

委員長に「今日の練習、やめとく？」と訊かれたが、大丈夫、と答えた。

今は、演劇の稽古と受験勉強に熱中しているほうが、精神的に楽だ。

ただ、頭はあまり働かないまま授業が過ぎて、あっという間に昼休みになった。

「若菜。あたし、購買行ってくるわ」

「ありゃ。珍しい。お弁当作ってこなかったん？」

「うん。寝坊しちゃってさ」

由美子は寝坊なんて滅多にしないため、若菜は珍しそうにしていた。

なんだか、気分もよくない。

「佐藤。ちょっと」

だというのに、タイミング悪く千佳が声を掛けてくる。

「なに……。あたし、購買行くんだけど」

逃げるように廊下に出て行った。

廊下を行き交う生徒はかなり多いのに、千佳はそれでも追ってくる。

「パンならわたしの分をあげるわ。だから、話を聞きなさい」

「…………」

手を強く掴まれて、低い声を突き付けられる。

容易く振りほどけそうな、小さな手。

しかし、あまり身体に力が入らず、いつものように逃げることもできない。

千佳を見ると、その表情からは決心のようなものが感じられた。

彼女は黙って、手を握ったまま歩き始める。

そのまま、空き教室に連れ込まれてしまった。

彼女が昼休みにひとりで食事をしていた、例の空き教室だ。

カーテンが閉められているので中は暗く、カーテンの隙間からわずかな光が入り込むだけ。

「佐藤。こっちを見なさい」

冷ややかな声が飛んでくる。

おそるおそる彼女を見ると、千佳は鋭い目つきでこちらを睨んでいた。

久しぶりに、彼女の顔を真っ向から見た気がする。

相変わらず、目つきが悪い。

千佳は瞳に苛立ちと怒りを滲ませて、それを言葉にも乗せた。

「いい加減にしなさい。もう我慢ならないわ。ずっとおかしな態度ばかり取って。何がしたいの？　わたしが何かした？　それなら、はっきり言いなさい。あなたらしくもない」

手を掴まれたまま、怒りを表明されてしまう。

こうなってもおかしくない態度を、由美子は取り続けてしまった。

だけどそれは、千佳に余計なことを言わないためだ。

「何もないって……、あんたの勘違いじゃないの……」

目を逸らして、弱々しい声で答える。

何かある、と告白しているようなものだ。

そんなはっきりしない態度を、あの渡辺千佳が許すはずがない。

彼女はよりわかりやすく怒りを滲ませると、こちらに詰め寄ってきた。

その勢いに負けて、壁に追い詰められてしまう。

千佳は由美子のブラウスを摑み、ぐっと顔を寄せてくる。

「イライラするのよ、あなたがそんなふうにウジウジしていると。普段は鬱陶しいくらいに陽気なくせに、なんだっていうの？　それだけのことがあったなら、わたしに原因があるのなら、はっきり言いなさい。いい加減、怒るわよ」

あぁ。

千佳は千佳で我慢の限界だったのだろう。

むしろ、よくここまで持ったくらいだ。

気に入らないことがあったら、きちんと相手に「気に入らない」と伝える彼女が。

でも由美子だって、どうしていいかわからなかった。

いたずらに千佳を避けていたわけではない。

不慣れなせいで、おかしな挙動にはなったけれど。

由美子はどうにか感情の蓋が緩まないよう抑えているのに、それを横から蹴飛ばすようなことをされれば、蓋も開いてしまう。

結果、噴き出す。

あっという間に黒い感情に呑み込まれ、口からは嫉妬の言葉を吐き出しそうになった。

だって、目の前にいるのは、あの夕暮夕陽だから。

「……渡辺がそこまで言うなら、言うけど……」

いい加減、由美子も限界だった。

そのうえ、めくるにも「もう伝えちゃえばいいんじゃないの」と背中を押されている。

彼女のその言葉は、今すぐ手を伸ばしたいくらいに魅力的だった。

頭がぼんやりしていることも、大野たちに言われたことも後押ししていた。

だったらもう、と手を緩めてしまう。

こうなってしまっては、恥も外聞もない。

「苦しいんだよ……。今のあたしと渡辺に差がありすぎて……。嫌になる……。渡辺に負けたくないのに、あたしには仕事がなくて……。その差に耐えられない。あたしが高校生活を楽しんでいる間も、あんたはどんどん前に進んでしまう……」

細々と言葉を吐き出す。

恐怖を彼女に訴える。

普通の高校生である佐藤由美子と、どんどん前に進んでいく声優の夕暮夕陽。

この対比に、叫び出したいくらいの恐怖に駆られていた。

秋空紅葉だって、かつてこう言っていたはずだ。

『ライバルの成功は、自分が上手くいっているうちは、余裕を持っていられるものです』

秋空が声優業界を去った直接の原因は、体調不良で活動休止したこと。

そして、もうひとつの『挫折した理由』は。

ライバルの背中が遠すぎて、追いつけない、と悟ってしまったから。

実際にその状況に身を置いて、由美子の心は完全に参ってしまった。

「あんたは、あたしと同じだったのに。一度、いっしょにどん底まで堕ちたはずなのに。それでも、渡辺はここまでのしあがった。あんたはすごいよ……。でも、それを素直に認められない……。余計なことを言いそうだから、ひどい言葉を言いそうだから、こうして距離を取ろうと思ったんだよ……。学校に、逃げようとした。だってここでなら、あたしは……」

そこから先は、呑み込む。

それでも、十分に由美子の卑屈な思いは伝わったはずだ。

千佳は無表情でそれを聞いていて、けれど一度も視線を外そうとしなかった。

だから、由美子はすべてをさらけ出した。

絶対に伝えたくなかった、薄暗くて醜い、自分でも吐き気を催す感情までも。

「あたしはね、渡辺。あんたにずっと薄暗い感情を抱えてたんだよ。渡辺があたしと同じ場所にまで堕ちてきたときも、その苦しみをあんたが知ったときも。心のどこかで、悦んでた。安心してたんだ。あたしはそんな醜い人間なんだよ……」

まるで懺悔するかのように、己の醜い部分を彼女に見せた。

それは、ずっと隠していくつもりの気持ちだった。

裏営業疑惑でどん底に堕ちた夕暮夕陽に覚えた、後ろめたい悦び。

彼女に変装のメイクを施しているときに、「仕事が物凄く減った」と千佳は口にした。

ふたりで月を眺めたとき、「声優を続けられるか、不安で仕方がない」と彼女は言った。

そのとき由美子は、嬉しい、と感じてしまったのだ。

同じ場所に、同じ悩みに、彼女が堕ちてきたことに。

こんな醜い感情、ずっとずっと隠しておくつもりだったのに。

さらけ出してしまった。

ヤケになっている、と自分でも感じる。

いっそこれで愛想を尽かしてくれれば、楽になれると思ったのかもしれない。

そうなるほどに、今の由美子は声優の世界から遠く離れてしまった。

千佳は大きなため息を吐く。

呆れたようにかぶりを振り、信じられないことを口にした。

「なに。たかだか、そんなこと？」

「そんなこと、って……」

拍子抜けした、とでも言いたげな彼女に、由美子のほうが唖然とする。

『このままでは、あんたに嫉妬心で攻撃してしまう』『落ち目になったとき、嬉しいと感じてしまった』と言われ、「そんなこと」で済ませる彼女の神経が信じられなかった。

だって、由美子は過去に罪を犯している。

千佳は楽観視しているわけではなく、実際に以前のことを口にした。

「あなた、わたしがファントムの主役を取ったとき、なんて言ったか覚えてる？　『監督にやましいことでもしたんじゃ』って言ったのよ。信じられる？　役者として、最低の侮辱だわ」

「そ、それは……、悪かったと思ってるよ……。だから謝ったじゃん……。本心じゃない……。ていうか、わかるでしょ。そんな間違いを繰り返しそうで、怖いってことだよ……」

過去の過ちを指摘されて、その闇に囚われてしまう。

激情に支配されて、また許されないことを言ってしまったら。

それが怖くて、距離を取ろうと思ったのに。

けれど、千佳はそれさえもさらりと否定した。

「昔ならいざ知らず、今同じことを言われても本心だとは思わないわよ。良くも悪くも、わたしたちは同じ時間を過ごしてきたのだから。誠に遺憾だけれど、あなたのことはわたしもよく知っているわ」

「――――――」

由美子は失念していた。

以前と今では、大きく異なることがひとつある。

積み重ねてきた時間だ。

この一年と半年の間、ふたりで乗り越えてきた壁は多く、過ごした時間も長い。

由美子だって、千佳のことは以前よりも深く理解している。

それに、と千佳は言葉を重ねた。

「ウジウジ悩むくらいなら、いっそ思う存分ぶつければいいわ。あなたの嫉妬心なんて、わたしには痛くも痒くもない。むしろ、心地よいくらいだもの」

挑発じみた言葉に、ブレーキが壊れそうになる。

そのまっすぐな瞳と自信に染まった表情は、まさしく夕暮夕陽の姿だった。

これほどまでに膨れ上がった嫉妬心を、彼女にぶつけていいのだろうか。

……いいはずがない。

めくると同じことを言われても、それでも、最後の一線は踏み越えられなかった。

だというのに、千佳は試すようなことを口にする。

自分の胸に手を当てて、歌うように言ったのだ。

「わたしは、夕暮夕陽は、確かに一度、裏営業疑惑のせいでどん底まで落ちたかもしれない。けれど、その影響は徐々に消えているわ。オーディションだって受かるようになった。仕事はこれからも増えていく。えぇそうね。いつかはわたしも、プリティアだって――」

その言葉を聞いた瞬間、由美子の頭が真っ白になった。

蓋が一気に吹き飛ばされ、そこから化け物が溢れ出す。

嫉妬の炎がごうごうと燃え盛り、感情が暴力的に暴れ回った。

ダンッ、と音が響く。

由美子が千佳の襟首を掴み、彼女を壁に押し付けたのだ。

先ほどとは真逆の構図になったというのに、由美子は感情を抑えられずに荒い息を吐いているのに、千佳は平然としていた。

目が合う。

狂ったように感情的になった由美子の瞳と、それをじっと見る千佳の瞳が重なる。

千佳は動じなかった。

由美子の熱くなった頬に、彼女の冷たい手が添えられる。

「ひどい顔してるわよ、あなた」

そうだろう。

歯を食いしばって、ふうふうと息を荒くしているのに、まともな顔なわけがない。

千佳は壁に押し付けられたまま、静かに口にする。

「けれど、良い顔だわ。とても」と。

「…………」

「しっかりしなさい、歌種やすみ。その嫉妬心も、虚栄心も、自己嫌悪さえも。あなたは演技に活かすタイプの役者でしょう。わたしが前に言ったことを忘れたの？　わたしも、あなたには嫉妬してる。あなたはひとつのきっかけで、上にいく。あなたを一番に意識してる。わたしにそう言わせたのは、あなたよ。自分だけが嫉妬してるなんて、思わないで頂戴」

「――――――」

暴れ狂って牙を剝いていた感情が、その言葉で急速に冷えていく。

彼女のたった一言で冷静さを取り戻した自分に、愕然とする。

けれどその言葉が、どれだけ自分の励みになっていたか。

改めて、思い出した。

……いや、でも。

由美子は身体を離しながら、当然の疑問をぶつける。

「あんたは……、まだあたしのこと……、上にいけるって。嫉妬するような役者だって……、思ってるの……？」

先ほど、千佳は『昔ならいざ知らず』と口にした。

お互いを理解して得たものは多いけれど、変化したものも多い。

今と昔では、状況が違う。

由美子の今の状況は、とても夕暮夕陽に意識されるようなものではない。

それでも千佳は、不愉快そうに眉を顰めた。

「あなたのそういうところ、本当に嫌い」と呟いてから、彼女は己の気持ちを吐露する。

「なにが、まだ、よ。わたしがなぜ、ここまで必死に前に進んでいると思っているの。あなたに抜かれたくないからよ。だから早く、追いついてきなさい。嫉妬に狂いながら、感情をぶつけながら。そうしてわたしのところまで来たら――、改めて、潰してやるわ」

千佳は乱れた服装を直しながら、まるで悪役のように言う。

自分に早く追いついてこい、真っ向から叩き潰すから。

夕暮夕陽の宣戦布告に、目を細めそうになった。

あぁやはり――、夕暮夕陽は格好いい。

そんな彼女に認められていること。

まだライバルだと思われていること。

それがなにより――、嬉しかった。

それが表情に出ていたのか、千佳は呆れたような目になる。

「あなたは本当に……。さっきまで、この世の終わりみたいな顔をしていたくせに。なに、その顔。人の態度にいちいち一喜一憂しないでほしいわ」

「は、はあ？　自意識過剰なんじゃないの……。あたしがいつ、あんたの態度に一喜一憂したっていうの」

「鏡を見せてあげたいわ、本当に」

呆れ果てた、と言わんばかりの千佳に、由美子は己の頬に触れる。

……そんなに、わかりやすかっただろうか。

確かに彼女の一言で、あのどす黒い感情はすうっと引いていってしまった。

それに驚く間もなく、千佳はそれ以上に信じられないことを口にする。

「こうなったら、ついでに言っておくけれど。あなたがわたしに向けていた、薄暗い感情。あなたはまるで、罪の告白をしているようだったけれど——、あなたの感情にわたしが気付いていないとでも、本気で思っていたの？」

「えっ——」

絶句する。

由美子は愕然としながら、後ずさりをした。

口を手の甲で隠し、千佳の顔をまじまじと見つめる。

千佳は肩を竦めながら、なんてことはないように言った。

「あなた、自分で思っているよりわかりやすいからね。顔に出るから」

知らなかった。

じゃあ今までずっと、彼女にはあの感情を悟られていたのか。

あの黒い悦びを、見られていたのか。

頭を抱えて、その場にうずくまりたくなる。

なら、なぜ言ってくれないのか――、と思うけれど、千佳は言わないだろう。

「…………………」

しかし。

千佳に、あの感情さえも筒抜けになっていたこと。

嫉妬してもいい、その感情をぶつけてこい、と言われたこと。

それが、驚くほど由美子の身体を軽くしていた。

楽に、なった。

――いや。

身体が軽く――、いや、重く。

全身から力が抜けていく。

そのまま由美子は、その場に崩れ落ちた。

どさり、と自分の身体が横たわる音を、どこか他人事のように聞いていた。

「……佐藤？　……佐藤！　なに、あなたどうしたの……!?」

千佳の声が、どこか遠くから聞こえた気がした。

頭はぼうっとして喉は痛く、身体中が熱かった。

佐藤、佐藤、と千佳が名を呼ぶ声だけが聞こえていた。

NOW ON AIR!! 第80回

「おはようございます、夕暮夕陽です」

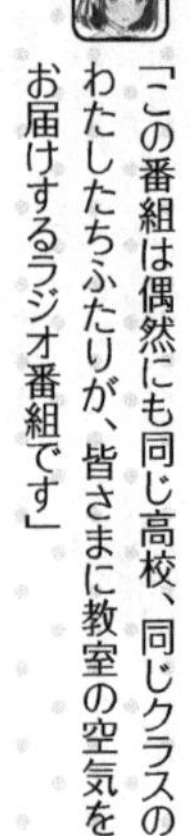

「この番組は偶然にも同じ高校、同じクラスのわたしたちふたりが、皆さまに教室の空気をお届けするラジオ番組です」

「はい。第80回が始まりましたが……、SNSでも告知があったとおり、歌種やすみは体調不良でお休みです。そして本日、代打でゲストさんが来てくれました」

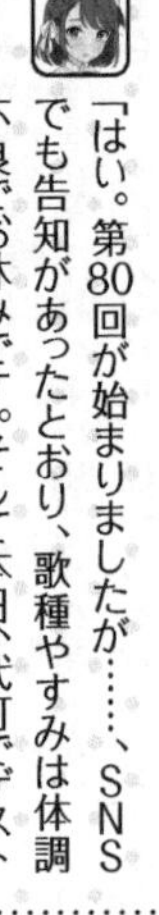

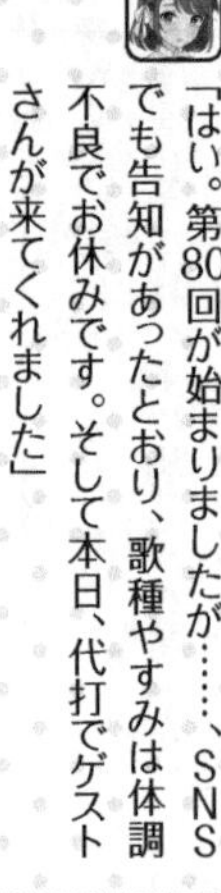

「おはようございまーす！　歌種やすみちゃんの仲良し声優、代打の桜並木乙女です！」

「どうも。やすも、自分の代打が桜並木さんでは、さぞかし肩身が狭いと思います」

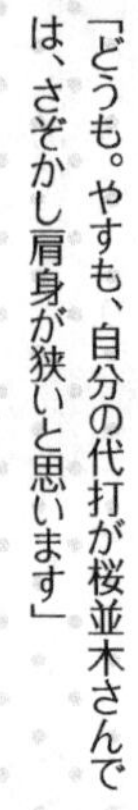

「あはは。まぁ体調不良はしょうがないよ。最近、かなり風邪が流行ってるし」

「そうですね。現場に行っても、だれかしら休んでいることも珍しくないです」

「怖いよねぇ。わたしたちも、しっかり気を付けていこうね」

「はい。えー、桜並木さんは一度、このラジオにゲストで来てくれたことがありますね」

「そうだねー、懐かしいな。一年くらい前かな？」

「えー……、第16回らしいです。もっと前ですね」

「うわ、もうそんなに経つ？　やだなあ。でも、そっか。あのときは、夕陽ちゃんたちも今とは違う感じでやってたもんねぇ」

「えぇ〜？　それって、こういうしゃべり方だった、ってことですかぁ？　さくちゃんがそうしてほしい、って言うなら、これでいきますよ〜？」

「それそれ！　うわぁ、本当に懐かしいな。でも普通のしゃべりでいいよ、ありがとう」

「はい。まぁ、これで三十分はそこそこキツいんですよね。今となっては」

「いろいろと変わっていくもんだねえ。そういえば、わたしたちって意外と接点あるよね。共演作も多いし、ユニットも組んでるから」

「そう言われると、かなり多い感じがしますね。『ハートタルト』、『紫色の空の下』、『ティアラ☆スターズ』……、それと、今度は『屋上のルミナス』もありますからね」

「なんか、全部重めの仕事ばかりだね（笑）」

「ですね。イベントもいっしょに出ることが多いですし。あぁ、ラジオ合同イベントとかもありましたね。ラジオ三番組でイベントやるやつ」

「うわぁ！　懐かしい〜！　あれはー、今年、で合ってる？　合ってるよね？　めくるちゃんともいっしょだったよね」

「合ってます。冬ですね。あのあと、桜並木さんの優勝賞品で、焼肉に行きました。その節はご馳走様でした」

「あ、あったねえ。そうそう、あの話、自分のラジオで話したときにね――」

to be continued……

オッケーでーす、という声が聞こえ、千佳はイヤホンを外した。

同じように目の前の女性が、イヤホンを外してにっこりと笑う。

「お疲れ様、夕陽ちゃん」

彼女のファンならばそれだけで卒倒しそうな、キラキラした笑顔を彼女は見せる。

トリニティ所属、桜並木乙女。

歌種やすみと大の仲良しで、本日ピンチヒッターとしてパーソナリティを担ってくれた。

千佳も乙女との接点は多く、今回のラジオでも話しやすかった。

「いやぁ、乙女ちゃんが来てくれて助かったよ。ありがとね、忙しいのに」

「いえいえ。わたしも楽しかったです」

朝加と乙女が、顔を見合わせて笑っている。

しかし、乙女はすぐに心配そうな表情になった。

「でも、やすみちゃんは心配ですね。流行ってる風邪、結構熱上がるって聞くし……。夕陽ちゃんは学校で会ってるんだよね？　どう？　しんどそうだった？」

「そうですね。今日は、途中で早退していきました。朝から調子が悪かったみたいです」

——あのときは、驚いた。

確かにあまり顔色はよくなかったが、てっきり精神的なものかと。

空き教室での一件のあと、ぐったりした由美子を千佳は急いで保健室に連れて行った。

彼女はそれから、教室には帰ってきていない。

受験勉強に、演劇の稽古。

そこに悩みが重なって、無理がたたったのかもしれない。

あの状況を見た時点で覚悟はしていたが、本日のラジオ収録も欠席。

プロ意識の強い彼女が休んだのだ、かなり悪いに違いない。

「だいぶ質が悪い風邪、って話だしねえ。ふたりとも、気を付けるんだよー。しっかり食べて、しっかり眠って、身体を労わらないとね」

朝加が、乙女と千佳に注意喚起する。

そういう意味では、一番不摂生な朝加が最も危険では……、と思ったが、乙女も同じ考えらしい。微妙な顔で朝加を見ていた。

「……朝加さんも気を付けてくださいね？」

というか、乙女が実際に言った。

朝加は手をひらひらさせながら苦笑する。

「わたしは大丈夫だよ。デフォルトで体調悪いみたいなところあるから」

全く大丈夫ではないと思うけれど、ここは流しておく。

「んー、やすみちゃんから返事ないや。かなりしんどいのかも」

乙女はスマホに目を向けて、ぽつりと呟く。

スマホから顔を上げ、千佳に向かってふわりと微笑んだ。

「やすみちゃんの返事次第だけど……。明日も寝込んでいるようだったら、お見舞いに行こうと思うんだ。夕陽ちゃんもいっしょにどう？」

「お見舞い……？　いえ、わたしは」

反射的に断ると、乙女は「そっか」とすぐに引き下がった。

彼女も付き合いが長いだけあって、千佳の性格をわかっている。

お見舞いだなんて、乙女も律儀だ。

ただ、ふたりは本当に仲が良いし、お見舞いに行くのもそれほど不思議ではなかった。

だが、千佳と由美子はそういう間柄ではない。

大体、寝込んでいるときに千佳が来ても、彼女はむしろ迷惑だろう。

それに、顔を合わせづらくもあった。

昼間、あれだけ感情をぶつけ合ったのだから。

「乙女ちゃん、お見舞いに行くのならやすみちゃんにコレ渡してくれる？　冷えピタ」「あ、はいはい」というふたりの会話を聞きながら、千佳は思い出していた。

由美子は千佳に、薄暗い感情を持っていたことを告白した。

それ自体は、別にいい。

醜い人間だと自嘲していたけれど、構わない。

そういった感情こそが、彼女の類い稀なる演技力を引き出すのだから。

ただ。

『こうなったら、ついでに言っておくけれど。あなたがわたしに向けていた、薄暗い感情。あなたはまるで、罪の告白をしているようだったけれど――、あなたの感情にわたしが気付いていないとでも、本気で思っていたの？』

千佳は、そんなふうに答えたけれど。

「…………………………………………」

ぶっちゃけ、全然知らなかった。

なんかこう、勢いで「知ってましたけど？」って顔しちゃったけど、でまかせだった。

なんだろう、なんか格好つけたくなったのだろうか。

由美子はめちゃくちゃびっくりしていたけど、そうだろうな、と思う。

嘘だもの。

まぁ結果的に、彼女の罪の意識が軽くなっただろうから、そこは結果オーライだ。

たぶん。

♥

コンコン、と部屋の扉がノックされて、由美子の母親が顔を出す。

「由美子～？　じゃあママ、お仕事行くからね？　何かあったら、連絡していいから。ね？」

仕事用にばっちりメイクをした母が、心配そうにこちらの顔を覗き込んでいる。

由美子はベッドに横になったまま、手を振って答えた。

「わかった。ありがとね、ママ」

「ちゃんと水分摂るんだよ。いってきま～す」

いってらっしゃい、と掠れた声で答えて、扉が閉まる様を見た。

彼女の足音が遠ざかっていく。

部屋に静寂が戻ってきた。

「はあ……。やっちゃったなあ」

由美子は自分の額に手を載せながら、天井を見つめた。

今は平日の夕方。

だというのに、由美子は既にパジャマ姿でベッドに横になっている。

本日、由美子は学校を休んで一日中寝ていた。

事の発端は、昨日。

朝からどうも調子悪いな？　と思いつつ学校に行ったのはいいものの、どんどん体調が悪くなる。

昼に差し掛かったあたりで、完全に発熱していた。

恥ずかしながら、千佳に保健室に連れて行ってもらったくらい。

その前にもいろいろあったから、次はもうどんな顔をして会えばいいのやら……。

早退して家に帰ってきたものの、調子は一向に回復しない。

非常に、非常に無念だったのだが、昨日収録のあった『夕陽とやすみのコーコーセーラジオ！』も休むことになった。

「穴、開けたくなかったんだけどな……」

呟いてから、けほけほと咳き込む。

頭がぼうっとしているし、身体も熱い。

昨夜から今に掛けて母が看病してくれたものの、快復するには至らなかった。

薬は飲んでいるし、あとはひたすら眠って治すしかない。

朝からずっと眠っているのに、目を瞑るとすぐに頭が重くなる。

夢現になる中、それでも耳は現実の音を拾っていた。

母が家の中を歩く音。玄関の扉を開く音。だれかと話す声。

「……あら、……、ありが……、上がって……、鍵はそこに……、うん……、」

宅配だろうか。

それなら、母がいるうちに来てくれてよかった。

とん、とん、とん、と足音も聞こえてくる。
母が戻ってきたのだろうか。宅配を受け取ったのだろうか。
それとも、忘れ物だろうか。
夢の中でそんなことを考えていると、部屋の扉が開いた音がした。
気がする。
「…………？」
どれくらいの時間、うとうとしていただろう。
ふと目が覚めて瞼を開くと、ぼんやりした視界に現実とは思えない光景があった。
やけに整った顔立ち、長い前髪、異様に鋭い目つき。
渡辺千佳が、気まずそうにこちらを見下ろしていた。
「渡辺……？」
掠れた声で名前を呼ぶ。
これで彼女が消えていったら夢だけれど、千佳はそこにいた。
制服姿で椅子に座り、由美子を見下ろしている。
「本物……？」
信じられなくて、そんな言葉を出してしまう。
熱に浮かされて見た夢だと言われたほうが、よっぽど信憑性があった。

「……本物よ。あなたが風邪を引いたと聞いて、まぁ……。来てみたの」

彼女はごにょごにょとよくわからない言い回しをする。

素直に言えば、お見舞いだ。

まさか、千佳がそんなことをしてくれるとは思わなかった。

そういった行為から、最も離れた人物だと思っていたのに。

『お見舞い？　あぁ、寝込んでいる人の家にわざわざ上がり込んで、自尊心を満たす行為よね。親切の押し付けで善人扱いされるんだから、ほとほと人の繋がりを正義と思う連中ね』

それくらい言ってもおかしくないのに。

もしも自分が元気だったら、彼女にきっとこう言っていた。

『あんたがお見舞い？　そっちが熱でもあるんじゃないの？　寝てけば？』

それくらいの憎まれ口を叩いても、おかしくない。

だけど。

「わざわざ来てくれたんだ……。ありがとう……、お姉ちゃん……」

由美子の心からのお礼に、千佳は目を丸くする。

怪訝そうにこちらの顔を覗き込んできた。

「やけに素直じゃない……。大丈夫？　そんなに辛いの？　死にそうなくらい？」

皮肉でも何でもなく、本気で心配してくる千佳に苦笑いする。

「まさか、渡辺がそんなことしてくれるなんて……、思ってなかったから」

正直に答えると、千佳は恥ずかしそうにそっぽを向いた。

「気まぐれよ。桜並木さんが、自分が寝込んだときはかなりしんどい思いをした、って言ってたから。それだけ」

乙女の名前が出て、なぜ？　と思うものの、すぐに腑に落ちた。

昨日は由美子の代わりに、乙女がラジオのピンチヒッターを務めてくれたのだ。

慌てて謝罪しようとしたら、千佳が先に「謝らないで」とぴしゃりと言い切る。

「気にしないでいいから。今は身体を治すことに専念なさいな」

「…………」

確かに、この状況で謝るのはよくない。

謝罪を飲み込み、乙女のことを思い出す。

乙女は調子を崩して、寝込んだことがあった。

由美子はお見舞いに駆け付けたが、それは彼女が一人暮らしで不自由が多いと思ったから。

「乙女姉さんは一人暮らしだから……。あたしはママがいっしょにいてくれたし、それほどでもないよ。平気」

家にだれかがいるのといないのとでは、雲泥の差だ。

一人暮らしの辛さはそこだろう。

由美子は、水もご飯も薬も持ってきてもらえるのだから、それほど大変ではなかった。

「今は？」

当然のように核心を突かれ、言葉に詰まった。

数回、瞬きをする。

熱のせいで意地を張る余裕もなく、正直な気持ちを吐き出した。

「――ちょっと、心細かった。平気……、は、嘘吐いた。ママがいてくれた分、余計に、かな……。あたし、熱出したときにひとりになるの、初めてでさ……」

はあ、と熱い息を吐く。

素直な弱音が、するするとこぼれ落ちていった。

「前はばーちゃんがいたからさ……。学校休んで寝てても、昼間はママがいるし、夜はばーちゃんが看てくれる。ばーちゃんなんてさ、眠るまでそばで本を読んでくれるんだよ。中学生になってもだよ？　でも、それが心地よくて、スッと眠れたんだよな……」

由美子は目を細めて、もう戻ってこない日を思い出す。

弱音を吐いてしまうのは、当たり前のようにいてくれた祖母がいないせいかもしれない。

「昨日はママが休みだったからよかったけど、今日は仕事だから。明日の朝までひとりか～、って考えたら、だいぶ心細かったかな……。だから、渡辺が来てくれて嬉しかった……。ありがとう」

「そんな大袈裟に言うことでもないでしょう」

「ううん。それに、昨日のことも。ありがとう」

その話を持ち出されるとは思っていなかったのか、千佳は居心地が悪そうだ。

熱のせいもあって、由美子の口からは次々と言葉が溢れていく。

「声優に対して、いろいろ考えていたところに、アレだったから……。結構、参ってたんだ……。だから、渡辺があぁ言ってくれて、楽になった部分もあって……」

「……声優に対してって？　何を考えていたの」

「声優をやるのって、苦しいな、って……。昨日みたいなことも、含めてね……」

「………………」

千佳は黙り込んだ。

由美子もそれ以上は口にしないせいで、部屋の中を沈黙が覆っていく。

なんとなく、由美子はそろりと手を伸ばした。

すると、千佳はごく自然に手を握ってくれる。

素直に応えてくれるのが、意外とも、そうでもないとも感じた。

「……佐藤。あなた、結構熱高いんじゃないの？」

手を握ったせいで、彼女にも伝わったらしい。

相当しんどいし、体温計はかなりの高温を示していた。

曖昧に「まぁ……」と答えると、千佳は腰を浮かす。

彼女の長い前髪が手でかきあげられ、もう片方の手で由美子の髪が分けられた。

おでこがぺたりとくっつけられる。

おでこ同士が密着し、彼女の顔が本当にすぐそばに見えた。

息遣いも、目の奥の光も、つんとした鼻も、彼女の体温も感じられる。

あぁ。

千佳は本当に、綺麗な顔をしている。

こんなに近くにいても、見惚れてしまいそうだ。

しばらくその姿勢で固まったあと、彼女はそろそろと顔を離した。

「やっぱり。だいぶ熱があるじゃない」

「そう、かも。ていうかあたし、この方法で熱測る人初めて見た」

「え。こうするものじゃないの？　アニメでもこういうシーンよくあるじゃない」

「アニメでしょ、それ。普通やらないよ」

思わず笑ってしまい、すぐに咳き込む。

それでも笑い声を上げてしまった。

千佳はきっと、人の熱を測るのは初めてなんだろう。

そういうもの？　と首を傾げながら千佳は座り直した。

そして、心配そうに顔を覗き込んでくる。

「佐藤。何かしてほしいこと、ある？」

「……………あぁ」

してほしいこと。

母は仕事に出る前に、きちんと準備をしてくれていた。

正直、今千佳にやってもらうようなことは特にない。

でも、千佳がそう言ってくれるのなら。

「……そうだなあ。あたしが寝るまで、本を読んでほしいな」

ぼんやりと口にする。

怪訝そうな顔で、千佳はこちらを見下ろした。

まあ、そんな反応にもなるだろう。

「さっきも言ったじゃん？　ばーちゃんが寝るまで本を読んでくれたって。あれ、めっちゃ安心するんだよね……。寝なきゃ治らないし、そうしてくれるのが一番嬉しいかも」

なんともわがままなお願いだが、こんなときくらいしか言えない。

安心する、というのも本音だった。

千佳は気まずそうに髪を撫でると、部屋を見回す。

「……まぁ。あなたがそうしてほしいのなら、いいけれど。何を読めばいいの？」

祖母は適当な本を読み上げていた。

内容ではなく、その行為が重要だと考えていたのだろう。

けれど、千佳が――、夕暮夕陽が読んでくれるというのなら。

どうしても、聞いてみたい本が一冊ある。

「机に置いてある台本……、読んでくんない？　それ、あたしが文化祭でやる劇の台本。あたしが主演やるんだよ。わはは、あたしが主役だってさ……」

掠れた笑い声を上げるが、千佳は何も言わなかった。

そっと視線を机に移し、その上にあった台本を手に取る。

『最期の舞台に白い花を』は、千佳も演じたことがあると言っていた。

とてもいい作品、とも。

夕暮夕陽にリクエストできるのであれば、彼女の演技を聴いてみたかった。

動きが見られないのは残念だが、彼女は声優。

声だけの表現ならば、ほかの役者を遥かに凌駕するのだ。

「……別にいいけれど。でも、寝るための読み聞かせに、ハーヴィーは向かないでしょう」

「そこは、お姉ちゃんの演技次第でしょ」

「勝手を言ってくれるわ、本当」

ため息を吐きつつも、彼女は読んでくれるらしい。

ぺらぺらと台本を確認してから、静かに息を吐いた。

しばらく固まる。

けれどすぐに、心地よい声でセリフを読み上げていった。

「ふはは……っ！　いい目覚めだ！　世界もこの大名優・ハーヴィーの目覚めをさぞかし喜んでいることだろう――」

あぁ、良い声だ。

自分で苦言を呈しておいて、彼女のハーヴィーは絶妙だった。

声は大きくならないよう、眠る邪魔にならないように、程よく調整している。

表現の大きさを声ではなく、イントネーションの強弱で工夫していた。

そのリズム感が、とても気持ちよかった。

「申し遅れました。あなたのコールドスリープ中、そして目覚めたあとのお世話を任された、アンドロイドのエマと申します」

そして、アンドロイドのエマはまさしく夕暮夕陽の真骨頂。

感情のないアンドロイドの声は、静かで、しっとりとしていた。

その声色に聴き惚れてしまう。

するりと耳に入ってきて、すぐに穏やかな気持ちでいっぱいになった。

波の音を聴いているようだ。

由美子の熱は、それなりに高い。
頭はぼんやりしているし、食欲はないし、呼吸も浅い。
頑張って眠っているが、寝入るまではとにかくしんどかった。
しかし、千佳のあまりにも心地のいい声は。
由美子から苦痛を取り去り、落ち着いた眠りに導いてくれた。

「ふぅーむ、参ったね。世界が滅んでいたとは、予想できなかった。あぁ参った！　俳優は観客がいてこそだろうに！　あぁこの孤独をどう表現したものか！」

「生命維持の保証はわたくしが致します。どうぞ、穏やかな生活を楽しんでくださいませ」

「穏やか？　なぁにを言うのかね、人生は劇的でなくては！　人生こそが舞台だよ！」

「お言葉ですが、ハーヴィー様。滅んだ世界でひとりきり、その時点で劇的でございます」

「然り！　だが、観客が君だけとはねえ。大体だね、エマ。君は感情がなさすぎる！　君の目の前にいるのは、世界一の名優だぞ？　もう少し尊敬したり、感動してはどうかね！」

「わたくしには感情の学習装置があります。しかし、今まで一度も人間と出会ったことがありません。ですからこれからは、ハーヴィー様から感情を学ぶこともありましょう」

「それはいい！　ならば、私からすべてを学ぶといい！」

「……………」

「佐藤？」

「佐藤、眠ったの？」

「……………」

「……ねぇ、佐藤」

「声優をやるのは苦しい、とあなたは言ったわね」

「実際にあなたは、時折、とても辛そうに見えるわ」

「あなたはその辛さを演技力に変えるタイプの声優だけれど——、苦しい、という気持ちが消えるわけじゃないものね」

「でも最近のあなたは、とても楽しそう」

「声優から離れて、学校で力いっぱい楽しんで。友達といっしょに、これが青春って顔して」

「あなたの高校生活は、すごく華やかよね」

「だれもが羨む高校生活。とてもあなたらしいわ」

「この演劇だって、あなたや周りの人の青春を華麗に彩るんでしょう」

「きっとあなたは、自分から『歌種やすみ』がなくなっても、楽しく過ごしていけると思う」

「……苦しい声優の世界に戻るんじゃなくて、いっそこのまま」

「あなたがそう考えてしまったとしても、何もおかしくはないわ」

「…………………………………………」

「でもね、佐藤」

「わたしは」

「わたしは——、あなたがいないと、嫌なのよ」

「つまらない」

「だからね、佐藤」

「だから——」

スマホの振動で、ゆっくりと意識が覚醒していく。

部屋が真っ暗なせいで、今が何時なのかもわからなかった。

とにかく、スマホに手を伸ばす。

どうやら通話のようで、相手を確認しないまま電話に出た。

「……あい」

『……あ、ごめん、やすみちゃん……。寝てたね……？』

「んー……」

頭をぽりぽり掻きながら、時計を見る。既に夜といってもいい時刻だ。

そこでようやく、状況を把握する。

自分が寝込んでいたこと、今電話している相手が桜並木乙女であること。

「や、ちょっと寝すぎたかも。全然いいよ。で、姉さんどしたの？」

『あ、うん。メッセージ見てないよね……？　ええと、やすみちゃんさえよければ、お見舞いに行こうかなって。欲しいものあれば、買って行くし』

「え、いいの？　来てくれるのは嬉しいけど」

反射的にそう返事をし、声のトーンで心から歓迎していることが伝わったらしい。

電話口からほっとした声が聞こえてくる。

『それじゃ、今から行くよ。何か欲しいものは？』

「ありがと。ママがいろいろ買ってくれたから、特にないんだ。姉さんが来てくれるだけで嬉しいよ」

『もぉ～』

嬉しそうな声とともに、通話を切る。

そのあと、ベッドから降りた。その場で伸びをしてみる。

ずっと寝ていたので身体は固まっていたが、だるさはかなり軽減していた。

「やっと調子が戻ってきたかな……」

快調とはとても言えないが、快復に向かっている感じはする。

薬を飲んで、ずっと眠っていた効果がやっと出てきたようだ。

ずっと見ていなかったスマホを操作すると、昨日の時点で乙女から見舞いの打診があった。

ほかにも、友人からのメッセージがいくつか。

それにぱたぱた返信しているうちに、家のインターホンが鳴った。

「はいはーい」

扉を開けると、そこにはスーパーの袋をぶら下げた乙女の姿があった。

心配そうな表情をしていたが、由美子の顔を見るとほっと息を吐く。

「こんばんは、やすみちゃん。今は大丈夫そうだね？」

「おかげさまで。夕方まではかなりしんどかったけど、薬が効いてきたみたい」

乙女を招き入れる。

廊下を歩きながら、彼女に昨日のことを詫びた。

「ごめん、姉さん。急にラジオの代役してもらって」

「ううん、全然。困ったときはお互い様だから。わたしも、休んだときはやすみちゃんによくしてもらったし」

そう言ってもらえると、多少は心も軽くなる。

乙女に、「それとこれ。朝加さんから」と冷えピタを渡されたので、早速おでこに貼った。

乙女はキッチンに入ると、スーパーの袋をテーブルの上に置く。

「やすみちゃん、ゼリーとか買ってきたから。もし食べられるなら食べてね」

「わ、ありがとう。姉さん」

手土産を買ってきてくれたらしい。

お礼を言うと、乙女はこちらの顔を覗き込んできた。

「それで、やすみちゃん。ご飯って食べてる？　何か口にした？」

「んー……。アイス……、くらいかな？　水分は摂るようにしてるけど」

「え、それだけ？　ダメだよ、食べないと。治るものも治らないよ？」

「や、本当にしんどくてさ。全然食欲なくて。アイスも薬飲むために無理やり食べたし」

「気持ちはわかるけど……、今は食べられる？　おかゆでも作ろうか？」

お腹を擦る。

母にも何度か同じことを言われたが、今までずっと断っていた。

でも、調子が戻った今なら食べられそう。

いや、むしろ。

「なんかこう……、もっと……、うどんとか食べたい……」

食欲がちゃんと出てきたらしい。

胃袋が食べたいものを主張している。

せっかくなのでおねだりしてみると、乙女は穏やかに笑った。

「わかった、いいよ。お野菜もらうね？　元気になれるおうどん作っちゃおう」

「姉さん、ありがと～」

「いえいえ。かわいい妹分が熱出したらね。甘えさせてあげないとね」

なにより、その気持ちがありがたかった。

由美子は席に着き、乙女が料理に勤しむ後ろ姿を眺める。

乙女はまず、冷蔵庫の中身を確認していった。

そこで、なにやら気になるものを見つけたらしい。首を傾げた。

「ありゃ。やすみちゃん、ほかにもだれかお見舞い来てくれたの？　これはプリン……、かな？　ちょっと動かすね」

「え？　いや、お見舞いは乙女姉さんだけ……」

——そこで、ようやく思い出した。

夕方に千佳が、来てくれた。

熱でぼんやりしていたから、まるで夢の中にいるようだったけれど。

部屋での会話や彼女の手の温もり。

さすがに、それらが夢だったとも思えない。

「ええと、わたな……、ユウが来てくれたんだよ。たぶん、学校帰りかな？　あたしもすぐに寝ちゃったから、どれだけいたかはわかんないんだけど」

少なくとも、起きたときに彼女の姿はなかった。

乙女は「え、夕陽ちゃんが？」と目を丸くしたあと、おかしそうに含み笑いをする。

「もう、意地っ張りだなあ」と小声で呟いた。

昨日、何かあったんだろうか。

それはそれで気になるが、由美子の思考は別のところに向かう。

「…………………」

眠りに落ちるまで、千佳は台本を読み聞かせてくれた。

あの夕暮夕陽の生朗読だ、それはそれは素晴らしかった。

しかし、由美子は途中で意識を手放している。

だれかがそばにいてくれる安心感、あの心地よい声にすっかり眠りに誘われた。

でも、夢の中でも千佳の——、演技ではない声を聞いた気がする。

それが果たしてどんなものだったのか、それとも勘違いの夢だったのか。

それすらもう、わからないけれど。

あのとき、やさしく頭を撫でられた気がするのだ。


千佳と乙女がお見舞いに来てくれた日。

夜の時点で由美子の体調はかなりよくなっていたし、食事をして活力も湧いた。

念のために翌日も休んで万全にし、翌々日に登校となった。

二日と半分休んだだけなのに、久しぶりに学校に来た気がする。

「おはよ～」

挨拶しながら教室に入っていくと、すぐさまクラスメイトに囲まれる。

「あ、由美子だ。体調、もういいの？」「ゆっくり休めた？」「由美子いないから退屈だったんだぜ～」と矢継ぎ早に言われ、苦笑しながら「もう大丈夫」と答える。

ちなみに若菜は、昨日お見舞いで家に寄ってくれた。

由美子がもう元気なのを知っているから、「おは～」と笑っている。

「由美子、大丈夫なの？　無理してない？」

みんながゆるく声を掛けてくる中、ひときわ心配そうにしている少女。

三つ編み眼鏡の、委員長だ。

今はもう体調バッチリなので、手を振って軽く答える。

「あぁ、大丈夫だよ委員長。昨日も念のために休んだだけだし。全然平気。ありがとね」

由美子の言葉を補強するように、若菜が指をくるくると振った。

「そーだよ、委員長。昨日の由美子、もりもりカップ焼きそば食べてたし」

「え、なに。若菜お見舞い行ったの？」「呼べよ」「文化祭で焼きそば作るからって、熱出しても喰うのは意識高すぎるだろ」とわちゃわちゃし始める。

それを聞いて安心したのか、委員長がほっと胸を撫で下ろした。

三つ編みをいじりながら、声を小さくする。

「いや、由美子が無理してたら申し訳ないなって。受験勉強に仕事、それで演劇の稽古でしょ？　疲れで体調崩しちゃったのかなって」

それで責任を感じていたらしい。

由美子は流行り風邪を拾っただけだし、忙しいわけでもない。

なので、軽く流させてもらった。

「大丈夫だって。それより委員長、今日の放課後、稽古するでしょ？　やー、練習日に穴開けちゃってごめんね」

「え？　でも、由美子。病み上がりでしょ。そんな張り切って大丈夫？」

「大丈夫大丈夫。むしろ、今は稽古したくて仕方ないんだよ。いいお手本を聴いちゃったからさ。すごくやりたくて」

「お手本？」

「あ、ごめん。何でもない」

委員長は首を傾げたが、深く追及するつもりはないらしい。

由美子がいいのなら、と予定どおり稽古を行うことになった。

夕暮夕陽のあの演技を聴いてからというもの、試したいことはいっぱいあった。

力はみなぎり、早くやりたい！　と心からわくわくしている。

その話を聞いて、ほかのクラスメイトも楽しそうに会話に参加してきた。

いつもどおり、教室にみんなの笑い声が重なり、響いていく。

その姿を。

千佳が遠くから見つめていることに、由美子はついぞ気が付かなかった。

そして。

二ヶ月にわたって準備してきた、文化祭の幕が上がる。

「最近、本当に風邪流行ってるよね。わたしもこの前、ダウンしてたし。リスナーのみんなも気を付けなよ」

「あー、そういえばめくる、風邪引いてたね。根性で休みのうちに治してたけど」

「やー、休みでよかったよ、ほんと。めちゃくちゃ頑張って治した」

「めくる、すんげえ食べてたもんね。熱出してる子の喰う量じゃないよ、あれは」

「だって栄養付けなきゃって思うでしょ？　実際それで治ったんだし。でもさぁ。すごく納得いかないことがあって……」

「なに？」

「太った……！」

「そりゃそうでしょ、あんだけ喰ってたら。風邪は何喰ってもいい免罪符じゃないんだよ。甘い物ばっか食べてたし。完全に日頃の鬱憤を晴らしてたよね」

「だって！　早く治さなきゃ、って思うでしょ⁉　食べるよ！　なんで風邪引いて太らなきゃいけないんだよ！　変だろ！　痩せさせろ！」

「動かずに喰ってたら、太るのは当たり前だけども。まぁ実際それで治してるんだから偉いんだけどね」

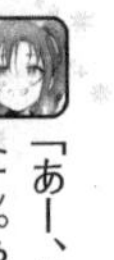
「忙しいときじゃなくて幸いだった、ってのはあるけどね。七月とか八月とか？　ライブの練習あって忙しかったから、あのときだったらまずかったかも」

「あー、そうね。しょっちゅう自主練にも行ってたし。やー、楽しかったなー。なんかこう、部活みたいでさ。ちょっと学生のときを

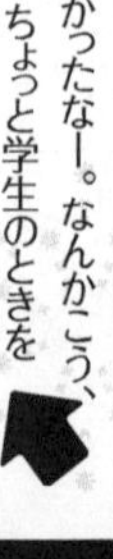

第290回
めくると花火の私たち同期ですけど？

思い出しちゃった」

「現役の学生が何人かいたしねえ。結衣ちゃんとか、日焼けしてるからすごく部活少女感あったし」

「ね。まーた元気なんだわ、あの子。すんげえパワフル。体力無尽蔵。こっちがすぐバテるから、自分がめちゃ歳喰ったのかと思ったもん」

「乙女ちゃんと二人で震えてたね。若さに震える。十代怖いわ」

「実際のところ、高橋ちゃんが異常なだけではあるんだけど。でも、夕暮ちゃんも歌種ちゃんも体力あるんだよな～。学校の体育って大事なんだな、ってちょっと思った」

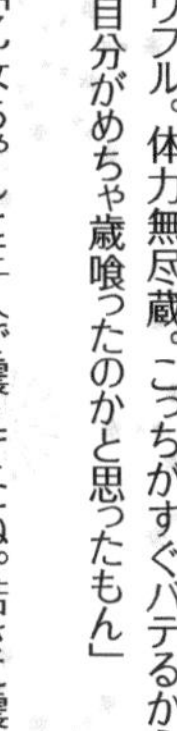

「あの子ら、結構平気な顔して〝歩く〟からね」

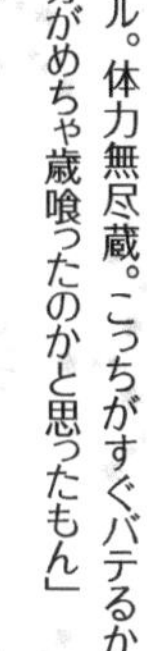

「あたしらと違って、〝歩く〟のが普通だからね」

「……花火」

「なに？」

「わたしたちも、ジョギングとかする？」

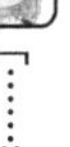

「続かないでしょ、どうせ」

「続かなさそー……。こうなったら作るか～、声優の部活～」

to be continued……

夜祭花火は、めくるの部屋でだらだらしていた。

特に何かするわけではないが、ご飯を食べたあともなんとなくいっしょにいる。

各々好きなことをしているので、あまり会話もない。

しかし、そんな穏やかな時間をふたりはとても好んでいた。

「花火。セリフ聞いてくれない？」

スマホから顔を上げると、めくるが台本を持ち上げていた。

アフレコではなく、オーディション用の台本だ。

最近、こういったことが増えている。

「いいよ。めくる、最近頑張ってるね」

「まあ。頑張らないわけにはいかないでしょ」

めくるは台本に目を落としながら、さらりと答えた。

柚日咲めくるは元々、声優が好きで声優になった子だ。

そのせいで『周りと争いたくない』という甘えやハングリー精神のなさを弱点として抱えていた。オーディションで力を発揮できない状況が続き、それを花火は危ぶんでもいた。

だが、少し前にそんな自分とは決別している。

だからこそ、花火は嬉しくて仕方がない。

彼女がなりふり構わず頑張る姿を、花火はずっと待っていたからだ。

「……ふう。ちょっと休憩」

めくるの熱演を聞き、感想を返し、また演技を聞く……、というのを繰り返しているうちに、結構な時間が経っていた。

めくるは台本を机に置き、首を回す。

そこで、めくるのスマホが通知を知らせた。

気だるげにスマホに目を向けるめくるだったが、通知画面を見た瞬間にスマホに飛びつく。

「さくちゃんからのメッセージ！」

歓喜の声を上げてメッセージを開くめくるに、花火は驚く。

さくちゃん。

桜並木乙女のことだ。

「え、めくる。乙女ちゃんとメッセージのやり取りしてんの？」

「いや。桜並木乙女の公式アカウントからのメッセージ」

「あぁ……」

納得する。

だれでも登録できる、公式のアカウントだ。

めくるはスマホを食い入るように見つめると、突然手のひらで目を覆った。

「さくちゃんのオフショットっ！　可愛すぎる～……。なにこれ、ええ、ダメでしょこんなの載せたら……、ええ……？　女神いるじゃん……。ガチ恋が……、加速するぅ……っ！」

「どれどれ？」

見せてもらうと、乙女がアイスを食べながらにこやかにピースしているところだった。

あまりにも眩しすぎたようで、めくるは目を覆ったまま固まっている。

これくらいなら、実物でいくらでも見られるだろうに。

しかし、めくるは思い出したようにその場で横になると、重苦しいため息を吐いた。

「あー……。最近、イベント行けてないなあ。さくちゃんに会いたいな～……。推しに会いたい……。元気が欲しい……」

推し活ができていないことに、めくるは肩を落としていた。

声優は、会いたいと思って会えるわけではない。そこはイベントの開催次第。

めくるは推しの声優こそ多いものの、自身も推される側の人間だ。

めくると花火は土日の仕事も多いために、目当ての声優イベントがあっても仕事で行けないことは珍しくなかった。

でも。

「この前、歌種ちゃんと夕暮ちゃんには会えたんじゃないの？」

「会えた……、プライベートだけどね……。可愛かったよ……。可愛かったなあ……。なんであんなにかわいいんだろう……。世界から祝福されてる……、世界に感謝したい……」

ぽうっと恋する乙女のように、めくるは虚空を見つめる。

イベント会場で声優に見惚れるファンは多いが、それと同じ顔をしていた。

これで実物と会ったときはあの態度なんだから、堅牢な心の壁には恐れ入る。

めくるは再び、はあ、とため息を吐いた。

「贅沢になってるわ。ティアラでは、しょっちゅうだれかしらに会えたからかな……。本当、夢のような日々だった。幸せすぎたんでしょうね……。反動がきてる……」

めくるは遠い目をしてしまう。

実際、めくるが悲観的になるほど声優に会えていないわけではない。

仕事で顔を合わせることは多いし。

ただ、めくるにとってティアラの現場は恵まれすぎていた。

しょっちゅう推しに揉まれまくっていたのだから。

そこでふと、めくるの表情が憂いを帯びる。

「それに、歌種も心配。一応、解決はしたらしいけど……」

「あぁ。悩み相談された、って言ってたね」

先日、歌種やすみとたまたま会ったときに泣きつかれたそうだ。

さすがに悩みの内容までは聞いていないが、「やっぱりあの子はかわいい後輩すぎる……、心臓が持たない……！　くるしい……っ！」という話は小一時間聞かされた。

しばらくティアラの仕事もないし、めくるからも連絡は取らない。

会えなくて悶々とするのは仕方ないかもしれない。

「あぁ、でも」

そこで花火は、マネージャーの成瀬珠里を思い出す。

ブルークラウンの優秀なマネージャーである成瀬は、今は花火とめくるの担当であり、夕暮夕陽の担当でもある。

成瀬から、世間話でちらりと聞いた話があったのだ。

たまには、先輩風を吹かすのも悪くないかもしれない。

♥

いよいよ、文化祭当日がやってきた。

文化祭は、土曜日と日曜日の二日開催。

そして、今日は一日目。

演劇は二日目の公演なので、今日の由美子はしっかりと焼きそば屋さんを手伝う予定だ。

「お～……、お祭り感あるぅ」

由美子は校門の前に立つと、思わずそう呟いた。

校門の奥には、『文化祭へようこそ！』と書かれた手作り巨大アーチが堂々と立っている。

校舎も一部飾りつけされているし、中は生徒たちによって大変身を遂げていた。

アーチの近くに学校用テントも設置してあり、そこでは入場客の受付を行う。

もう少し時間が経てばお祭りの屋台のように、食べ物も販売されるはずだ。

なんとも、非日常的な光景だった。

「……楽しそうね、あなたは」

いつの間にそばにいたのか、千佳がげんなりした様子で立っていた。

ワクワクでいっぱいになっている由美子とは正反対だ。

「どしたの、渡辺。朝から疲れてるじゃん」

「この張り切ってる空気に当てられたのよ。一致団結、って感じが、もう」

千佳は、はあと大きくため息を吐いてしまう。

苦笑しながら、由美子と千佳はともに校門をくぐった。

その間も、千佳の文句は止まらない。

「大体、なんでクラスTシャツをわざわざ作るの？　しかも、揃って着なきゃいけないなんて。どこまで『みんないっしょ！』がいいのよ。おぞましい、あぁおぞましいわ」

千佳は、自分の両腕を擦っている。

三年一組はクラスTシャツを自分たちでデザインし、全員分発注していた。

焼きそば屋さんの当番の際は、必ず着るように言われている。

「イベントやライブだって、Tシャツ販売してみんなで着るじゃん」

「あれは商売でしょう⁉　着る着ないは個人の自由だし！」

千佳はそう声を荒らげたあと、嫌そうにこちらに目を向けた。

「……あなたはこう、全身から楽しんでますオーラで溢れているわね。鬱陶しいくらいに」

「そりゃもう」

千佳の皮肉を無視して、由美子は大きく頷く。

「昨日なんか、準備で大忙しでさあ。飾り付けるのに思った以上に時間掛かっちゃって、結構な時間まで残ってたんだよ。で、先生がしょうがないからって差し入れ買ってきてくれてさー。みんなで食べたおにぎり、おいしかったな～。いや、楽しかった。今日も楽しみだわ」

千佳はそんな由美子を信じられないような目で見て、頭を振った。

文化が違う、とでも言いたげだ。

そんな千佳を気にせず、由美子はしみじみと口にする。

「やー……、本当楽しい二ヶ月間だったなあ。まだ始まってないのに、終わるのが寂しいくらい。ずっとこんな日が続けばいいのになぁ……」

ぼんやりと、独り言を呟く。

今思い返すだけでも、つい笑ってしまうような出来事で溢れていた。

力いっぱいの青春を味わった、思い出の詰まった二ヶ月間だった。

「…………………………」

千佳は由美子をじっと見つめていたが、そのことには何も言わない。

まるで聞こえなかったかのように、皮肉げに笑みを浮かべた。

「あぁ本当。自己満足ができる人たちだけで、文化祭はやってほしいわね。遅くまで学校で作業することを、まるで美談みたいに言うなんて。狂った価値観にはほとほと呆れるわ」

「は？　楽しむことを放棄した人間が、外野からワァワァ言うのやめてくんない？　輪に入れなくて、指をくわえてるだけじゃ満足できないからってさ。せめて黙って見てなよ」

「はいはい、出た出た。お得意のマウントが出たわ。そうやって輪に入れない、参加できない、それが何よりも不幸、なんて決めつけないで頂戴。やりたくないからやってないだけよ」

「はいはいそうでちゅね～、それなら文句言うのもやめてくだちゃいね～、ちゅちゅちゅ～」

「出たわ！　あなたのそういうところ、本当に嫌い……！」

いつもの言い争いに発展しながら、由美子たちは教室に向かう。

たった一日で、校舎の中は文化祭仕様に様変わりしていた。

クラスTシャツを着た生徒や、妙な仮装をした生徒が忙しなく廊下を走っている。

「あ、おはよう、由美子～。渡辺ちゃーん」

教室に入ると、若菜がにこやかに手を振ってくる。

既に焼きそばの絵が描かれたクラスTシャツを着ていた。

ほかの生徒も同様だ。

千佳はそれを見て、嫌そうに口を曲げていた。

そして、文化祭が開催される。

由美子たちは朝からバタバタと野菜を切り、麵を焼き、教室をソースの香りでいっぱいにしていた。

教室は絵が描かれた段ボールで可愛らしく飾りつけしてあり、廊下に看板も設置済み。

イートインスペースということで、教室内には机と椅子も並んでいる。

容器はすべて発泡容器にし、中でも外でも食べられる仕様だ。

一般客入場の十時には、しっかり準備が整っていた。

随分前から気合を入れて準備していたおかげか、お客さんの入りも好調だった。

「焼きそば二人前、持ち帰りで！」

「あいよ～」

そんな掛け声を上げながら、由美子はホットプレート上の焼きそばを容器に入れる。

次から次へと注文が入るため、急いで作っていかないと間に合わない。

慌ただしく動く中、キッチン組の若菜がこちらに近付いてきた。

「ねぇ、由美子。今さらなんだけどさ。渡辺ちゃん、あっちでよかったのかな」

あっち、というのはフロア組のことだろう。

由美子たち調理班はキッチン組、接客をするのがほかのフロア組。

千佳はフロア組に入っていた。

今も、持ち帰りのお客さんに応対している。

それを心配そうに若菜が見つめていた。

「渡辺ちゃんってさ、言っちゃなんだけど超無愛想で口悪いでしょ？」

「本当に言っちゃなんだな」

遠慮のないド直球に、由美子は噴き出してしまう。

持ち帰り用の焼きそばを盛り付けながら、若菜の疑問に答えた。

「あいつ、料理壊滅的だし。こっちにいてもやることないって。フロアが適任」

「ええ、そう……？　ヒヤヒヤしてるのわたしだけ？」

言いたいことはわかる。

しかし、それは若菜が、彼女を渡辺千佳として見ているからだろう。

「大丈夫だよ、若菜。仕事で客前となれば、あいつは愛想いいから。仮にも一年以上、外面被り続けた女だよ？」

その言葉を証明するように、千佳の「いらっしゃいませ」という声が響く。

「はい。三人前ですね。少々お待ちください」

千佳はやわらかな笑みを浮かべて、お客さんの応対をしている。

他校の生徒なのか、彼らは千佳の笑顔にドギマギしていた。

千佳はくるりと振り返ると、すぐさま普段の仏頂面に戻る。

「佐藤。三人前」

「うーっす」

ササっと盛り付けて、彼女に渡す。

千佳は、再び愛想よく客の元に戻っていった。

「……声優さんって、すごいね？」

「まー、これが声優のスキルかと言えば微妙なところだけど」

目を見張っている若菜に、由美子は笑うしかなかった。


ありがたいことに大盛況で、全員できりきり働いて、お昼を何とか凌ぎ。

ぼちぼち落ち着いてきたな～……、と一息吐いたところで、由美子はトイレに向かった。

トイレから教室に戻るだけで、そのお祭り感に心が浮き立ってくる。

廊下にはたくさんの来場者が行き交っており、ガヤガヤと騒がしかった。

その間を抜けて自分の教室に戻っていくと、ある光景に首を傾げる。

「……ん？　んん？　んんん？」

廊下を歩くお客さんの中に、見覚えのある人物がいたのだ。

けれど、この場にいるとは思えない二人組。

片方は、キラキラした顔で廊下を見回している女の子。

いつもの黒いパーカーにキャップと眼鏡、という例の格好だが、さすがに怪しすぎるためか、マスクは外している。

もう片方は、薄手のブラウンニットに、チェック柄のワイドパンツ。

変装なのか、彼女も眼鏡を掛けている。

普段は結んでいる髪も、今日は下ろしていた。

まじまじと見つめていると、髪を下ろした女性と目が合う。

手を上げてきた。

慌てて、彼女たちの元に向かう。

「めくるちゃ――、じゃなくて、藤井さん！　たち！　なんで、ここに⁉」

廊下にいたのは、柚日咲めくると夜祭花火のふたりだった。

しかし、由美子は文化祭に誘ってはいないし、チケットも渡していない。

誘っても来るわけがない、とわかっていたからだ。

「やっほー、歌種ちゃん。あ、ここでは佐藤ちゃんか。あたしのことは美咲ちゃんでよろ～」

花火は変装仕様であるものの、いつものように気安い笑顔で手を振っていた。

本名を呼ぶのは構わないが、彼女たちはなぜここに。

「え、どうしたんですか。なんで？　なんで藤井さんたちが……？」

「いや実はね。成瀬さん経由で、夕暮ちゃんからチケット貰ってたの。杏奈がね、最近佐藤ちゃんたちに会えなくて、寂しいって言うからさ」

「言ってない」

めくるがようやく声を発したかと思ったが、彼女はなぜか俯いてもじもじしている。

目も合わないし、キャップのつばを押さえて視線を避けていた。

「……え、どうしたの藤井さん。なんでそんなにガチ照れしてるの」

「照れ、てない……」

覗き込んでみても、めくるはぼそぼそと否定して顔を逸らす。

その頬は真っ赤に染まっていた。

「……推しに会えて照れすぎて、一周回って無愛想になる人みたいじゃん」

「推しに会えて照れすぎて、一周回って無愛想になる人みたいだね」

花火はおかしそうに腹を抱えている。

もしくは、遊園地のマスコットに照れすぎて前に出られない幼児。

お渡し会で、何も言えなくなる人はたまにいるけども。

「あぁ。ふたりとも本当に来たんですか」

そう声を掛けてきたのは、千佳だ。彼女も廊下に出て来たらしい。

そんな千佳に、花火は明るく手を振る。

「うーっす、渡辺ちゃん。チケットありがとねー」

「いえ。それより、ふたりとも焼きそば食べていってくださいよ。今暇なんで」

「お、いいね。ほら、杏奈。焼きそば食べよ。やすやすと夕姫が普段過ごしてる教室だよ～、こんなときにしか来られないよ～」

花火の言葉に、めくるがはっとする。

爛々とした目を教室に向けた。

熱心に、目に焼き付けるように教室内を観察している。

やけにキラキラしていると思ったけど、聖地巡りの感覚で来てるな……？

何にせよ、めくると花火がわざわざ来てくれたのは嬉しい。

せっかくなので由美子が席まで案内し、焼きそばも由美子が持って行った。

「はい、焼きそば二人前どうぞ～」

「ありがと～。それにしても、佐藤ちゃん。文化祭なのにメイド喫茶じゃないんだ？」

「アニメの文化祭すぎる。あたしそれ、演じたことありますよ」

「あたしも。おいしくなる魔法までやったよ。おいしくなあれ、なんちゃらら～つって」

花火は快活に笑い、めくるは焼きそばを感動したように見つめていた。

ただの焼きそばでここまで顔を輝かせてくれるんだから、由美子としても嬉しい。

黙って話を聞いていためくるが、「え⁉　おいしくなる魔法もやってくれるの⁉」という顔でこちらを見たが、さすがにそれはご勘弁願いたい。

「あ、美咲さんの分、大盛りにしときましたんで」

「わ、ありがと〜。ん、おいしいよ。ねぇ杏奈」

「……いや、ちょっと味わかんない……」

「いっぱいいっぱいになってるんじゃないよ。そーだ、佐藤ちゃん。杏奈ったらね、佐藤ちゃんのことが心配だったみたいよ。前に、相談してたんでしょ？」

確かに少し前、由美子はめくるに相談に乗ってもらった。

あのことに関しては、きちんと「もう大丈夫。ありがとう」と伝えている。

にもかかわらず、めくるはわざわざここまで様子を見に来てくれたらしい。

やさしい先輩の心遣いに、胸がきゅうんとしてしまう。

「ええ？　杏奈ちゃん、ありがとぉ〜……。嬉しいな。でももう大丈夫だよ」

「えっ……、あっ……、はい……」

めくるはか細い声で答えて、真っ赤な顔で俯く。

帽子を深くかぶり直してしまった。

残念ながら、今日はめくる先輩はおらず、終始杏奈ちゃんのようだ。

……いっそそれなら、ファンサってことで後ろから抱き着いてやろうかな。

由美子がうずうずしていると、千佳の声が聞こえてきた。

「いらっしゃいませ！　……佐藤。またお客さん増えてきたから」

「ん、ほいほい。わかった、戻るよ」

千佳が呼びに来たので、それに応じる。

どうやら、のんびりできる時間はなくなったようだ。

それを見ていた花火は、「忙しくなりそうだねえ」と笑った。

千佳はそっけなく答える。

「ええ、残念ながら」

「そ？　そうは見えないけど」

「気のせいじゃないですか」

花火がおかしそうに笑うのを聞きながら、千佳はその場を離れた。

最後に由美子は、「めくるちゃん、本当にありがとね」と耳打ちしたが、「あ、いや、が、頑張ってください……」と返ってくるだけで、最後までめくる先輩は出てこないようだった。

当番中は目まぐるしく仕事をしたものの、文化祭を楽しむ時間はもらえる。

当番が終わったあと、若菜たちといっしょに文化祭巡りをしていた。

しばらくしてから、そこに委員長が合流する。

「あれ、委員長。やっと休憩？　もしかしてずっと仕事してたの？」

「そ。ここに来て、いろいろと仕事が舞い込んでさ。その処理してたらこんな時間」

時刻はそろそろ夕方というところで、文化祭の一日目はもう少しで終わってしまう。

そんな時間まで委員長は走り回っていたらしい。

彼女を労い、由美子はさっき買ったばかりのクレープを差し出した。

「お疲れ、委員長」

「ありがと。まぁでも、忙しいくらいでちょうどよかったよ」

かぷっと一口クレープを齧り、もぐもぐしながら委員長は言う。

なんで？　と訊いてみると、委員長は身体をぶるりと震わせた。

「だって、明日は劇の本番でしょ？　でも今日は稽古できないし。ただただ、明日を待つしかない。そんな状態で、文化祭なんて楽しめないよ」

委員長の言うとおり、由美子たちにとっては明日が本番と言ってもいい。

『最期の舞台に白い花を』の公演がある。

いよいよ、練習の成果を見せるときが来てしまった。

それを考えると、由美子も身体が固くなってしまう。

「あぁ、緊張する……」

とりわけ委員長はここ数日、ずっと同じ言葉を繰り返していた。

胸を押さえて、はあ～……、と大きくて深いため息を漏らしている。

そんな委員長の肩を、由美子はぽんぽんと叩いた。

「大丈夫だよ、ちゃんと練習してきたんだし。練習どおり、やればいいだけだって」

ライブ前では自分に何度も言い聞かせ、周りからも言われてきたことを委員長に伝える。

由美子たちはしっかり準備をし、稽古を繰り返してきた。

あとは、ステージの上で同じことをやるだけだ。

委員長はそれを聞いて、照れくさそうに笑った。

「そうだね。ありがと、由美子。由美子のおかげで、ここまで来られたよ。憧れが実現した。

本当にありがとね」

彼女は、瞳に信頼と尊敬の念をはっきりと込めている。

あまりにストレートな感謝に、由美子のほうが照れてしまった。

「や、そういうのは明日言ってくんない？　舞台が終わったあとでさ」

頬を掻きながら、照れ隠しでそんなことを言う。

事実、まだ終わってないのだから、「憧れが実現した」は言いすぎではないか。

しかし委員長は、小さく首を振った。

「ううん、わたしはさ——」

そう言いかけて、声が急に低くなる。

そのまま、けほけほ、と委員長は咳き込み始めた。

喉を押さえながら、「あー……、なんかイガイガする……」と掠れた声を出す。

「大丈夫？」

委員長はすぐに答えない。

何度か咳を繰り返した。

そのあと、ぼんやりとした顔で己の手を見つめる。

「……ごめん、疲れたのかも。先に戻ってるね」

さっき来たばかりだというのに、委員長は踵を返した。

呼び止める間もなく、さっさと行ってしまう。

その様子に違和感を覚えたが——。

その瞬間、学校のチャイムが鳴り響いた。

続いて、放送が入る。

『本日の文化祭は、あと十分で終了いたします。ご来場の皆様は、ご退場の準備をお願いいたします。繰り返します——、文化祭は——』

どうやら、お祭りは終わってしまうようだ。

その場にいたみんなで顔を見合わせて、「戻ろうか」という話になったのだが。

「あぁ、もうっ！　最っ悪……！　終わっちゃったじゃん！　ねぇねのせいだよ、もぉ～！」

そんな悲鳴のような声が、校門のほうから聞こえた。

そちらを見て、「あっ」と声が出る。

若菜たちに断ってから、彼女らに走り寄った。

「纏さんに理央ちゃん。来てくれたのは嬉しいですけど……、え、今？」

そこにいたのは、よく似た姉妹の二人組。

ティアラで同じユニットになった羽衣纏と、その妹の理央だ。

理央とも仲良くなった由美子はよく連絡を取り合っていたが、その中で理央が「歌種さんの高校の文化祭、行ってみたい！」と言ってくれたので、チケットを二枚渡したのだ。

それを使ってくれたようだが、今は終了十分前。

理央はぷんすかと怒り、纏はしょぼんと意気消沈している。

纏は由美子に気付くと、静々と頭を下げた。長い髪が揺れる。

「歌種さん……。チケット、わたしの分までありがとうございました。せっかくなので、理央といっしょにお邪魔したのですが……」

纏の言葉に、理央は地団駄を踏みそうな怒りっぷりを見せる。

「お邪魔できてないじゃん！　もう！　歌種さん、聞いてくださいよ！　ねぇねは今日オフだったんですけど……！　わたしは用事があったから朝のうちに家を出て、外で集合することになってたんです！　でも、時間になってもねぇねは来なくてぇ！」

その言葉に、纏はますます肩をすぼめる。

「電話を何回掛けても出ないから、急いで家に帰ったの！　そしたら、そしたらまだ寝てたんですよ！　ずぅっと寝てたの！　約束の時間を過ぎても！　スマホを放り投げて、幸せそうにすやすやと！　信じられます⁉　そっから叩き起こして、急いで来たのにこれですよぉ！」

ふんがー！　と怒る理央に、纏は「ごめんってぇ～……」としょんぼりしていた。

「それは……、纏さんが、悪いね……」

「でしょ⁉」

「歌種さん～……」

さすがに年上で同じ声優の纏と言えど、庇うことはできなかった。

そんな様々なイベントが起こりながらも、文化祭一日目は幕を閉じる。

この日は、楽しいだけの文化祭だったけれど。

明日はついに、由美子の初舞台だ。

文化祭、二日目。
いよいよ、『最期の舞台に白い花を』の公演の日がやってきた。
「うう──……、緊張すんなあ……」
由美子は電車に揺られながら、お腹を擦った。
普段なら混んでいる朝の電車も、日曜日だけにかなり空いている。
窓の外を眺めながら、緊張を鎮めようと努力していた。
この日までに、何度も何度も練習した。
台本は完全に暗記したし、間違えることだってもうない。
体育館のステージも何度か使わせてもらい、通しで演じることもできた。
本番と同じ会場で何度も通し稽古を行うなんて、普通はできることじゃない。
仕事のときより安心していいはずなのに、それでも不安は消えなかった。
「いや、大丈夫。うん、大丈夫」
そう己を鼓舞し、ふんすふんすと鼻息荒く駅を出て行く。
そこでちょうど、若菜の姿が見えた。
おはよー、と声を掛けると、嬉しそうに手を振ってくる。
「おっはよーん、由美子。昨日はよく眠れた？　今日、楽しみにしてんね」
無邪気なその言葉に、「うっ」とお腹が痛くなる。

由美子の反応を見て、若菜は不思議そうに身体ごと傾けた。

「なに、そんな緊張してるの？　由美子って、人前に出ることは仕事で慣れてるでしょ？」

「いや、まぁそうなんだけどさ。そういうのとは全く違うと言うか」

ぼんやりと答える。

初めての演劇だから、こんなに緊張するのか。

初主演だからここまで落ち着かないのか。

それとも、『佐藤由美子』として舞台に立つからなのか。

自分でもよくわからなかった。

「ま、肩の力抜きなよ。まだ朝だよ？」

若菜は笑いながら、背中を擦ってくれる。

それで少しだけ、緊張がやわらいだ。

しかし、ふたりで教室に入っていくと、早速クラスメイトから声を掛けられてしまう。

「由美子ー、今日の演劇楽しみにしてるねー」「頑張って！」「観に行くからね～」

そう言われて、すぐさま「うっ」となってしまう由美子。

「ちょっとー、今由美子はナイーブになってるんだから。みんな気を付けてよー」

そんな若菜の声を聞きながら、委員長の姿を探す。

自分でもこうなのだから、委員長はもっと大変なことになっているのではないか。

何せ、彼女は日に日に身体のこわばりが増していたくらいだ。

教室を見渡してみるが、あの三つ編み姿は目に入らない。

「あれ。委員長、まだ来てない？　珍しいね」

普段、彼女はかなり早い時間に登校しているのに。

しかし、すぐに「おはよう」と聞き慣れた声が聞こえてきた。

委員長だ。

早速、彼女の元に寄っていく。

「委員長、おはよ。あたしめっちゃ緊張してきたんだけど、委員長は大丈夫？　まだ朝なのに、あたしお腹痛くなってきてさ」

自分と相手の緊張をほぐすために、笑いながら委員長に伝える。

てっきり彼女も震え出しそうな顔で、同じようなことを言うと思っていたのだが。

「あぁ、うん……。今日は、頑張ろうね、由美子」

静かにそう返すだけだった。

「………？」

委員長はそれだけ言い残し、するりと由美子の脇を抜けていく。

自分の机に鞄を置いて、すぐに教室を出て行ってしまった。

どうしたんだろう。

緊張が限界を超えたのか、それとも単純にやることが多いのか。

教室に戻ってきたら、また声を掛けてみよう。

そう思っていたのに、彼女はホームルームの時間になっても姿を現さなかった。


ホームルームが終わったあと、クラスメイトは早速焼きそば屋さんの準備に取り掛かった。

委員長と由美子は、演劇があるために今日のシフトからは外れている。

「よっしゃ～、今日もバリバリ売ってやるぜ～！」

三角巾とエプロンを付けた若菜たちが、張り切りながら動き回っている。

演劇同好会の集合は十二時なので、由美子はそれまで自由にしていていい。

しかし。

「ねー。あたしも手伝っていい？」

準備を進める若菜たちに、声を掛ける。

彼女たちは不可解そうにしながら、それに答えた。

「由美子、今日シフト入ってないでしょ？　演劇あるんだから、ゆっくりしてたら？」

「それがさぁ。緊張してしょうがないから、何かやってたいんだよ。落ち着かないし。そわそわしながら開演時間を待つくらいなら、こっちで気を紛らわしたいんだよー」

しっかりと稽古したからこそ、この時間を持て余してしまう。

何なら今すぐにステージに立って、終わらせてしまいたい。

その気持ちはみんなも理解できるのか、苦笑しながら「じゃあ手伝ってもらおうかな」「抜けたくなったら、すぐに抜けなよ」と言ってくれた。

由美子が準備していると、教室の端で佇む千佳を見掛ける。

彼女もエプロンと三角巾を身に付けていた。

千佳の隣に移動し、ぼうっとしている彼女に声を掛ける。

「よ、渡辺。あんたもこの時間のシフトなの？　何時まで？」

「十二時まで」

「ふうん。そのあとって、あんたはどうしてんの？」

「さあ。適当に過ごすんじゃない」

肩を竦めてそっけなく答える千佳が、あまりにもいつもどおりで笑ってしまう。

きっと彼女は、華やかな文化祭でも関係なく、ひとりで過ごすんだろう。

そこに悲観したものはない。

時間を有効活用すべく、今できる仕事を黙々と片付けるんじゃないだろうか。

少し前まで、その姿を見ているだけで焦りを覚えたけれど。

今は不思議と穏やかだった。

そこでふと気になり、口にする。

「渡辺は、演劇……」

観に来るの、と言いかけて止まる。

なんだかこれでは、自分の劇を見てほしがっているみたいではないか。

言葉を引っ込めたのはいいものの、上手く言い直せなくて黙ってしまう。

すると、先に千佳が答えた。

「観に行くわ。ちゃんと」

「あ、そ……」

今度は、由美子がそっけない返事になってしまった。

観に、来るんだ。

見られたくない、というわけではないが、なんだろうこのむず痒さは。

由美子がひとりでもにょもにょしていると、千佳が皮肉げに笑った。

「わたしに、寝かしつけで読み聞かせをさせたくらいだもの。あなたの演技がどうなっているのか、見る権利はあるでしょう」

「…………」

その話をするのは、ズルじゃん……。

あのときのことを思い出して、顔が赤くなってしまう。

いくら自身が弱っていたとはいえ、千佳に甘え倒してしまった。

なんだよ、眠るまでご本読んで、って。

お互い高校生だぞ。

しかも、彼女の声に安心感を覚えて、すっかり寝入ってしまうなんて。

恥ずかしすぎる。

……ただ。

あのとき聞いた、彼女自身のやさしい声は。

なんと言っていたのだろうか。

「ねぇ、渡辺。あんとき、あたしにしゃべりかけてなかった?」

「は?」

由美子の疑問に、千佳は目を丸くする。

見る見るうちに、彼女の顔が赤くなっていった。

愕然とした表情で、唇を震わせている。

「え、あなた、お、起きていたの……?」

異常なまでに顔を真っ赤にした千佳に、こちらが不安になってしまう。

「……や、寝てたけどさ。ぼんやり何か言ってるのは聞こえた。何言ってたのかなって」

「あ、そ、そう……、あぁそう……」

千佳はほう……、っと大きく息を吐き、胸を撫で下ろしている。

そんな取り乱すようなこと言ったの？

怪訝な目を向けていると、千佳は面倒くさそうに答えた。

「ほら、あれよ。あなたは寝入っていたから何言ってもいいや、と思って現場のドギツイ悪口を言っていたの。あれを聞かれていたら、声優として生きていけないわね」

「寝込んでる奴に裏アカみたいな愚痴聞かせるのやめてくんない？」

それで悪夢を見たらどう責任取るつもりだ。

続けて文句を言おうとしたが、別の声に遮られてしまう。

「あ、由美子！　ちょっといい？」

「あれ、みよっち。どしたの」

教室に入ってきたのは、演劇同好会のみよっちだ。

彼女も今日のシフトからは外れている。

廊下から心配そうに教室を覗いたあと、由美子の姿を見つけて駆け寄ってきた。

不安の色を表情に滲ませて、尋ねてくる。

「委員長、見てない？」

「委員長？　ホームルーム前に出て行って……、まだ帰ってきてないと思うけど」

学級委員長だから、何かしらの仕事を任されたのかと思っていたが。

みよっちはスマホを取り出して、渋い顔で見つめる。

「メッセージ送ったんだけど、既読にもならなくて。姿が見えないから、心配でさ……」

みよっちはぎゅっとスマホを握りしめた。

その話を聞いてしまうと、由美子にも不安が移ってくる。

「朝会ったときも様子は変だったかな……。緊張してるもんだと思ったけど」

「うん。たぶん、そうだと思う。緊張でどうしようもないのかな、って。もし、委員長がひとりでしんどそうにしてるなら、そばにいてあげたいじゃん？」

照れくさそうに笑って、みよっちはスマホを揺らす。

そのまま、踵を返した。

「由美子、ありがと！　もう少し校内探してみる！　由美子もあとでね！」

そう言いながら手を振って、みよっちは立ち去っていった。

由美子も手を振り返し、その背中を見送りながら、唸る。

「んー……」

心配ではある。

間違いなく、朝の委員長は元気がなかった。

自分もいっしょに行こうか、と考えてはみたものの。

「ひとりで集中する時間も大事だと思うけれど」

千佳がおそらく独り言で、そんなことを呟いた。

責任感の強い委員長がすっぽかすとも思えないし、もしだれかがそばにいるにしても、付き合いの長いみよっちが適任だろう。

泡を喰って由美子まで委員長を探し始めたら、その行為自体が負担になるかもしれない。

そう考えた由美子は気持ちを切り替え、目の前の焼きそばに取り掛かることにした。

その間、やはり委員長は一度も姿を見せなかった。

幸い焼きそば屋さんは繁盛しており、由美子もパタパタと手伝い続けた。

集合時間が迫ってきたので、ほかの子の交代のタイミングでいっしょに抜け出す。

未だ賑やかな三年一組から、そそくさと出て行った。

千佳はふらりとどこかへ行き、若菜は由美子といっしょについてきた。

時刻は十二時前。

演劇同好会は体育館のステージ裏に集合し、準備を始める予定になっていた。

体育館では、今まさに軽音楽部がステージ上で演奏している。

大いに盛り上がっていた。

おそらく軽音楽部の身内だろう生徒たちが、前方で楽しそうにコールをしている。

体育館に並べられた椅子には、結構な数の人が座っていた。

その光景を見て、わずかに尻込みをする。

「おう……」

あそこにいる人たちの視線が、すべて自分に向かうと考えると緊張が強くなる。

『歌種やすみ』なら、もっと広い会場でも全然平気だったのに。

怯みながら、若菜といっしょにこそこそステージ裏に移動する。

そこには既に、みよっちとりーこの姿があった。

「お待たせ、ふたりとも。委員長はまだ来てないんだ？」

由美子が声を掛けると、ふたりは不安そうな顔でこちらを見た。

先ほどのみよっちとの会話を思い出し、不穏な空気がサッと伝わる。

「どしたん？　なんかあったの？」

事情を知らない若菜がゆるっとした声を上げて、ふたりは気まずそうに目を合わせた。

りーこがぼそぼそと答える。

「や、実はさ……。委員長、朝からずっと保健室にいたんだって。集合時間まで寝てるから、そっとしといて、って」

「え。……それ大丈夫なの？」

一気に不安が膨らむ。

確かに、昨日の時点で様子がおかしかった。
眠れなくて寝不足だから、緊張で辛いから、といった理由ならまだいい。
けれど、もし保健室を頼るほどの体調不良だったなら。
それを想像しているからか、みよっちもりーこも暗い顔をしている。
「……今、風邪流行ってるもんね……。もしかして、それ？」
若菜が心配そうに口を開く。
由美子だって、先日その風邪にやられたばかりだ。
仕事を飛ばしてしまうくらいだったし、学校も結局三日近く休んでしまった。
もし委員長が同じ症状だとしたら、とても舞台に立てるとは思えない。
「みんな、お待たせ」
か細い声が聞こえて、由美子たちは一斉に振り返る。
そこには、委員長が立っていた。
普段とは、とてもかけ離れた姿で。
ふらふらとした足取りだったし、目も虚ろ。呼吸も浅い。
寝ていたからか、髪はぼさぼさでトレードマークの三つ編みもほどけかかっている。
顔色は明らかに悪く、嫌な汗もかいていた。
その場で崩れ落ちてもおかしくない。

その姿を見た瞬間に、全員が悟る。

これでは、本番は無理だ。由美子とわたしは着替えなきゃね。そのあとに、集まってもらった人に改めて指示を……」

「さぁ、準備しよう。

まるで何事もなかったかのように、委員長は準備を始めようとする。

すぐにみよっちが駆け寄り、顔面蒼白の彼女の身体を支えた。

「いや、委員長……。ふらふらじゃん。熱あるんでしょ？　しかも、相当高いでしょ、これ……。そんなんで舞台なんて無理だよ……」

「大丈夫。薬飲んだ。心配、いらない」

みよっちの心配から目を逸らすように、委員長は俯いてしまう。

突き放したような言い方にみよっちは感情的になり、いささか声を荒らげた。

「無理だって」

「やれる。やれるよ。だから、早く準備を……」

委員長は構わず、足を踏み出そうとする。

しかし彼女は、身体を支えられていたにもかかわらず、その場で膝を折ってしまった。

慌てて、由美子たちが駆け寄る。

「ちょっと！　無理だって、委員長！　こんなんで劇なんてできるわけないじゃん……！　いいから、保健室行こう？　寝てたほうがいいって！」

若菜の心配そうな声に、委員長は顔を上げる。

怯えを含んだ表情で、委員長は声を張り上げた。

「無理じゃないッ……！　できる、できるよ……っ！　やる、やらなきゃダメでしょう、だって、だってそうじゃなきゃ、この日に、何の、何のために……っ！」

委員長は一度大きく叫んだかと思うと、力を失ったかのようにぐったりと顔を伏せた。

涙が混じった声色で、うわ言のように言葉を並べる。

それすらも上手く言えていない時点で、結果は決まったようなものだった。

重い空気が流れる中、由美子は彼女のそばにしゃがみこむ。

「……わかるよ、委員長。ここまで準備してきたのに、それが台無しになって耐えられないのはわかる。でも、無理だよ。中止にしよう。これは、委員長がやりたくて作った劇なんだ。だれも責める人はいないんだよ」

由美子の声にも、委員長は頭をぶんぶんと振ってしまう。

詰まり詰まりになりながら、彼女は必死で言葉を紡いだ。

「ダメだよ……、わたしたち、わたしたちは、悔いがないようにこの劇を作る、って決めたの……っ！　確かに、わたしたちは三年間、ずっとずっと頑張ってきた、わけじゃない……！　だけど、だけど！　最後は、最後だけは、やり遂げなきゃいけないでしょ……！」

苦しそうに呻きながら、委員長は訴える。

それを聞いて、みよっちとりーこは沈痛な面持ちになった。

彼女たちは三年間、ずっといっしょに高校生活を送ってきた。

だからこそ、感じ入るものがあるのだろう。

ならば、なおのこと由美子が止めなければならない。

憧れを潰すのは、部外者である由美子が適任だ。

「……委員長。やりたいのは、わかる。委員長にとって、この劇は憧れだもんね。エマをやりたいのもわかる。でも、こうなったらもう……」

「そうじゃない……」

由美子の言葉に、委員長は力なく首を振った。

そうじゃない？

由美子が訝しんでいると、委員長は細い声で呟いた。

「わたし自身は……、もう満足してるの……。この練習の日々で、エマを演じられたことに満足できた……。もう、十分。だって、由美子の演技に比べれば、わたしのはままごとだよ。なんて言うのかな、由美子の演技を目の前で受けて……、その相手ができただけで、十分満たされていたの……」

熱に浮かされたように、委員長は続ける。

彼女の心境の変化は知らなかった。

まさか、既に満たされていたなんて。

他人の演技を前にして、感情が変化することは由美子にも経験があるけれど。

しかし、それならなおのことだ。

満足しているのなら、決行にこだわる必要はないはず。

それに、委員長は力なく答える。

「でも、この劇はいろんな人に力を借りてもらった……。由美子だって、みよっちやりーこ、若菜、ほかにもいっぱい……。この劇のために、たくさんの人の力を借りた……。それを今さら、わたしの都合だけで壊すなんて……、できないよ……。どんなにみっともなくても、最後までやり遂げなくちゃ、申し訳ない……」

「…………」

ぐったりとした委員長の声に、由美子たちは黙り込む。

由美子たちは言うに及ばず、この演劇にはたくさんの人の力を借りた。

照明や音響はほかの生徒に手伝いを頼んでいるし、他人にいろんな助けをもらっている。

由美子は演者として呼ばれたが、あくまで劇を作るチームのひとりでしかない。

委員長たちがこの劇を作るために、裏でどれほど動いていたかは知りようがなかった。

もしも、これがほかのメンバーの不慮なら、委員長も引き下がれたかもしれない。

けれど自分の都合で、ごめん無理になった、とは退けないのだ。

「こんな終わり方、耐えられない……。この劇は、最後までやり遂げなきゃ、わたしは一生後悔する……。そんなの、やだ……」

委員長の声は力を失い、崩れるようにその場で動けなくなった。

すすり泣く声だけが聞こえてくる。

重苦しい空気が満たされていく。

委員長の都合は、わかった。

しかし、どれだけ訴えようとも、彼女は演技をできそうにない。

それが許される身体ではない。

この劇は完成しない。

どうしようもなかった。

「委員長。劇ができれば、いいんだね」

「若菜……？」

若菜が静かに言い放つ。

彼女はそう言うや否や、「ちょっと待ってて」と駆け出してしまった。

若菜が何を考えているかはわからない。

とにかく、床に突っ伏している委員長を楽な姿勢で座らせた。

保健室に連れて行きたいところだが、彼女はやる、と言い張っている。

ぐったりと座り込み、辛そうに肩を上下させているのに。

本当にやるとしたら、そろそろ準備を始めないと間に合わない。

だからこそ、委員長は焦っているようだった。

じりじりと嫌な時間が過ぎるのを感じながら、やるやらない、の押し問答を続けていると。

若菜が、息を切らしながら戻ってきた。

「お、お待たせ……っ！　助っ人を、連れて、きた……っ！」

その手には、別の人の手が握られていた。

特徴的な鋭い目つき、それを隠す長い前髪、華奢で小柄な身体。

彼女は怪訝そうな表情を隠そうともせず、由美子たちを見つめた。

「なに……？　どういう状況なの？　なぜ、わたしは連れてこられたの？」

若菜が連れて来たのは、渡辺千佳だった。

状況を把握できていないから、若菜が「とにかく来てっ！」と引っ張ってきたのだろう。

若菜の思惑が伝わる。

もし由美子が思いついても、とても実行できない選択を若菜は取ったのだ。

「渡辺ちゃん。前に、『最期の舞台に白い花を』はやったことがあるって言ってたよね。練習してたって。お願い、渡辺ちゃん。委員長の代わりに、エマ役として舞台に立ってほしいの」

千佳の眉が不快そうにぴくりと動く。

憔悴している委員長を見て、呆然としている由美子を見て、不安そうなみよっちたちを見て、状況を察したらしい。

千佳はこの劇を知っている。

稽古で演じたこともあると言っていた。

だが、それは許されない選択だ。

「若菜。無理だって。いくら何でも、それは無茶でしょ……」

今から本番まで数時間もない状況で、突然、舞台に立て、だなんて。

不可能だろう、と彼女を見る。

千佳は静かに息を吐き、じろりと若菜を睨んだ。

「無茶、無理以前に。わたしが手伝う義理がない」

その眼光の鋭さと怒気をはらんだ声に、若菜は息を呑む。

これでもかなり加減しているほうだ。相手が若菜だからだろう。

問題はそこにもある。

千佳は劇団出身で、実際に舞台に立っていた。

プロの役者である彼女に、この状況下で「今すぐ代役をして」と言うのは、あまりにも演技そのもの、そして千佳自身を軽んじている。

完成度の低い演技を晒せ、と言っているようなものだ。

侮辱と取られてもおかしくなかった。

だからこそ、由美子には絶対に取れない選択。

しかし、若菜はぐっと拳を握り、千佳をまっすぐに見つめ返す。

「わかってる。渡辺ちゃんが妥協を許せない人だってのも、知ってる。それでも、助けてほしいの。今まで、みんな頑張ってきた。ひとつのものを作ろうとして、努力してきた。これをやり遂げられないと、みんなの青春が笑って終われない。それを助けられるのは、渡辺ちゃんしかいないの。だから、だから、お願い」

「…………………………」

みんな、だとか。

青春、だとか。

最も似合わない言葉をぶつけられて、千佳はそれでも無表情だった。

そこに、委員長のすすり泣く声が重なる。

「渡辺さん……。こんなこと、言える義理はないけど……、助けてほしい……。お願い、お願いします……」

泣きながら頼み込む委員長に対しても、彼女は無言だった。
千佳は、こういったことが一番嫌いだ。
みんな頑張っているから、という言葉も。
協力して作り上げる行為が素晴らしい、という考えも。
学校行事で泣いてしまう女子も。
面倒事を押し付けられて、断ったら悪者扱いされる空気も。
彼女は皮肉げにつまらなそうに否定し、自分を貫く。
それが、『渡辺千佳』のはずだ。
千佳は、そこで由美子を見る。
目が合って、由美子はたじろいだ。
何か言うべきなのか。
けれど、何を言えばいいのか。
しばらくの間、無表情の千佳と見つめ合う。
「あなたは。どう思うの」
静かに問いかけられ、由美子は唇を噛む。
だって、由美子は委員長たちを肯定できない。
こんな状況になっても、委員長がどれだけ傷付こうとも。

心から委員長が可哀想だと感じていても。

それでも、それでも由美子は、千佳に「代わりに出てよ」とは言えない。

それは、『佐藤由美子』としても『歌種やすみ』としても、絶対に踏み越えるわけにはいかないものだった。

「あたしは……。助けて、とは……、言えないよ……」

絞り出すような声で、そう伝える。

ほかの子たちの顔が見られず、由美子は俯くしかなかった。

責められたとしても、恨まれたとしても、それだけは絶対に言えない。

みんなの視線から逃げて、由美子は拳をぎゅうっと握る。

息が詰まる空気に、だれもが無言になった。

そうなってしばらくしてから——、千佳は静かに口を開く。

「わかった。やる」

この場にいる全員が、肯定の言葉だとはわからなかった。

みんなが呆気に取られている間に、千佳は動き出す。

「台本は？　今から、覚えられるだけ覚えるわ。佐藤、あなたはセリフが頭に入ってるわよね。あなたがフォローして。佐藤が、わたしに合わせて演技をして頂戴」

りーこが慌てて千佳に台本を手渡し、それを開きながら千佳が指示する。

由美子も、何を言われたのかわからなかった。

急いで先ほどの言葉を反芻するが、それよりも千佳が口を開くほうが早い。

「彼女がどうだったか知らないけれど、わたしはわたしの〝エマ〟を演じるから。そこも合わせて。急ごしらえだから、フォローは期待しないように。佐藤がわたしを引っ張りながら、かつわたしを立てる必要がある。意味わかる？　とにかく――」

「待って、待ってよ渡辺」

矢継ぎ早に言葉を放つ千佳を、無理やり止める。

千佳は不機嫌そうに睨んできた。

目つきは鋭いが、今さら由美子がそれに怯むことはない。

「なに。時間がないんだから、さっさと準備するわよ」

「そのことだってっ。あんた、本当にやるつもりなの？　そりゃ練習ではやったことあるんだろうけど、それだって昔の話でしょ……。本当に、本当にできるの？　やって、いいの？」

千佳に助けてほしい、という思いはある。

何かの間違いでも、千佳がやる気になったのは嬉しい。

けれど、それ以上に千佳に傷付いてほしくなかった。

彼女が無理に舞台に立ったとして。

そこで彼女が満足できない演技をしたり、失敗してしまったら。

千佳がダメージを受ける結末を迎えてしまったら。

それこそ、由美子は笑って最後を受け入れられない。

佐藤由美子の青春に、千佳の姿はないかもしれないけど。

だからといって――、彼女が大切な人であることに変わりはなかった。

こんな形で、千佳を巻き込みたくなかった。

千佳は、由美子の目をじっと見る。

由美子はさぞかし、心配そうな顔をしていたのだろう。

千佳はふう、と息を吐いてから、ぱたんと台本を閉じる。

目を瞑ったまま、口を開いた。

「佐藤。わたしの芸歴を言ってみなさい」

「え……。三年……」

「違う。何度も言わせないで。わたしは劇団に入っていたから、役者としての芸歴は五年。あなたより先輩なの。――劇団出身を、ナメないで頂戴」


それから、千佳はひたすらセリフと動きを頭に詰め込んでいった。

体育館のステージ裏で、並々ならぬ集中力で台本を読んでいる。

時折、身体を動かしたり、立ち位置の確認をしたり。

突然動き出すことはあるものの、基本的には微動だにせず台本を睨みつけていた。

その鬼気迫る様子にだれも近付けず、ただ見守ることしかできない。

しかし、衣装には着替えなければならない。

おそるおそる、りーこが声を掛けた。

由美子は、既に衣装を着込んでいる。

少し改造を施した、真っ黒な燕尾服だ。

白い手袋を身に付けて、黒の革靴も履いた。

髪は低い位置で括っており、さらりと流している。

メイクは自分でしたけれど、ネットで見た男装メイクを施した。

さすがに男性には見えないものの、『男性の役を演じている』とは伝わるクオリティだ。

こちらは既に衣装合わせをしているし、そのときにみんなから「めっちゃ似合うじゃーん」「えー、かなり格好いい」「普通にいいな」と嬉しい評価をもらっている。

由美子も、せっかくなのでパシャパシャ写真を撮ったくらいだ。

めくるに送りつけたら、「あ」とだけ返事がきたが、すぐにそのメッセージは消去された。

それ以外の返事は今のところない。

調整のために委員長も改めてエマの衣装を着ていたが、彼女もとても可愛らしかった。

可愛らしかったのに。

「…………………」

不安は消えない。

真っ暗なステージ裏で、ひとり考え込む。

いくら千佳が出てくれると言っても、とても安心できなかった。

もしかしたら、中止するよりひどい結果になるかもしれない。

その重圧は、由美子の両肩に圧し掛かっている。

由美子だって初めての舞台だというのに、千佳のフォローを意識しなければならない。

練習どおりにするだけでは、ダメになってしまった。

千佳に合わせ、フォローし、ミスをしたらすぐに察して助けなければならない。

それをぶっつけ本番で。

不安にならないわけがなかった。

「お待たせー……」

悶々と悩んでいるうちに、千佳の着替えが終わったらしい。

りーこと千佳が戻ってきた、のだが。

りーこは気まずそうな顔をしている。当の千佳も微妙な表情だ。

その理由は、一目瞭然。

エマの衣装はいわゆる昔の作品に出てくるような、使用人、メイドの格好に近い。
白を基調としたエプロンドレスに、黒のアクセント。
頭にはヘッドドレスと、アンドロイドを示す機械っぽい見た目のチョーカー。
メイクもしてもらったようで、整った顔立ちがより可愛らしくなっていた。
美少女だ。美少女がいる。
かわいいし、衣装もよく似合っていた。
けれど、どうしてもある要素が足を引っ張っている。
「……ちょっと、でかいな。アンドロイドなのにサイズ間違うのは変でしょ……」
「……うるさいわね。これはばかりは仕方ないでしょうに」
お互い微妙な顔で、切れの悪い言葉を投げ合う。
衣装のサイズが大きいのだ。
スカート丈はギリギリ床につかないくらいだが、袖丈が長袖のために裾が余っていた。
袖で手が隠れてプラプラする程度には、サイズが合っていない。
全体的にダボッとしている。
エマの衣装は委員長の体型に合わせて作られたもので、委員長は千佳よりも背が高い。
こうなるのは当然と言えた。
「この際、目を瞑りましょう。急ごしらえなんだもの、小さくないだけ御の字よ」

千佳は袖をまくりながら、ため息を吐く。

まぁ衣装が入らず、アンドロイドがジャージ姿で登場、よりはいいけれど。

彼女はそれきり衣装のことは気にせず、台本を手に取って椅子に腰掛けた。

開演時間は迫っている。

今さら、衣装がどうのこうのと言っている場合ではなかった。

「ごめん、由美子。わたし、ほかの子のところに行ってくるね」

申し訳なさそうに、りーこは足早にこの場を去った。

ほかの人への指示もあるし、演者だけに構ってはいられない。

ふたりきりでステージ裏に残され、ただ静かに開演時間を待った。

今の時間は、吹奏楽部がステージを使っている。迫力ある音楽を奏でていた。

先ほどちらりと客席を見たが、観客は徐々に増えている。

もうすぐ、あの場で演技をしなければならない。


「…………」

そう考えるだけで、震えそうになる。

委員長を責める気は毛頭ないけれど、この状況はやはり堪えた。

初めての演劇で初主演、けれど相方は急遽変更される。

いつもは頼りになる千佳を、自分が引っ張っていくだなんて。

「……あなたね。硬くなりすぎよ」

由美子の様子を見兼ねたのか、千佳が呆れ半分で口にする。

この土壇場で、由美子を気にする余裕なんてないだろうに。

それでも、千佳は話を続けた。

「もう少し力を抜きなさいな。たかが、文化祭じゃない」

「たかがじゃない！」

声を張ってしまい、慌てて口を押さえる。

ステージは使われているのだ、騒いでいいわけがない。

そのうえ、気を遣ってくれた千佳に八つ当たりをしてしまった。

すぐに、「ごめん」と謝る。

千佳はふっと息を吐き、静かに答えた。

「……今のは、わたしの言い方が悪かったわ。この会場に、それほどの恐怖を覚える必要がないと言いたいのよ。あなたはこれよりもよっぽど大きなハコで、ライブやイベントをやってきたじゃない。お金を取るわけでもなく、お客さんは身内ばかり。そこで肩肘張ってどうするの」

千佳なりの励ましだったようだ。

ただ、それらの言葉で安心するには、積み重なったものが多すぎる。

「……こんな無茶な状況で、あんたがトチらないほうがおかしい。そのフォローを、あたしがする。会場の大きい小さいじゃない。失敗したらどうしよう、って思うのはしょうがないでしょ……。あたしは初めてなんだよ……、それで台無しになったら……、笑って終わることができなくなる……」

ライブなら、アフレコなら、これまでの練習の積み重ねが自信と安心に変わっていく。

今はそれらの土台を取っ払われてしまった。

それでも失敗したら、委員長たちの青春の最後が苦い思い出になってしまう。

『三年間、楽しかったな』と笑っていた、彼女たちの青春が。

重圧を感じないわけがない。

「……はあ」

大きなため息を吐くと、千佳は席を立った。

そのまま由美子の前に立つ。

なんだ、と顔を上げると。

もにゅ、と胸を揉まれた。

「……………………渡辺さん？」

無言で両腕をこちらに伸ばし、シャツの上から思い切り手のひらを押し付けられる。

千佳の両手は活き活きと動き回り、楽しそうに人の胸を揉みしだいていた。

彼女の指によって、シャツと胸の形が変わっていく。

「さすがに直接ほどじゃないけれど、シャツの上からでもなかなかに心地よいわね。いいじゃない。相変わらず、あなたの胸はいいものよ。これは素直に賞賛するわ」

「いや、何してんだ」

ばしん、と千佳の手を叩き落とす。

なんでこいつ、ステージ裏で人の胸を揉んでんの？

「なんで？　なんで今？　別にあたし今、許可出してないよね？　勝手に揉んだな？　しかも外で。人の胸を勝手に揉んだら犯罪だけど？　捕まるか、こら」

「早口」

「なに笑ってんだ。腹立つな」

あまりの暴挙に苦言を呈すと、千佳はこちらをおかしそうに指差した。

しばらく笑ったあと、ふっと息を吐く。

かぶりを振って、こちらを見つめた。

「本当は、本番でスッ転ばしてやろうと思ったけれど。さすがにそれを舞台上でやると、パニくりそうだから。このくらいにしといてあげるわ。それで？　あのときのわたしみたいに、力は抜けたかしら」

「あ……」

まだ千佳と出会って、間もなかったあの日。

いつかの公開録音が脳裏をよぎる。

千佳は、初めての公録にガチガチに緊張していた。

どうしようもないほどに。

それを案じた由美子は、本番で千佳の足を引っかけてスッ転ばし、緊張を無理やりほどいたことがある。

あのときと同じことを、彼女はしてくれようとした。

「……わかんない」

嘘だった。

『力は抜けたか』という千佳の問いに、ぼそりと答える。

それに驚くほど、身体が軽くなっていた。

無理やりに戻された、いつもどおりの空気。

だって今。

目の前にいる人がだれなのか、強く実感してしまったから。

自分がフォローしなければならない。

そう思って追い詰められていた。

だけどそれは、相手からの助けがない、ということにはならない。

目の前にいるのは、夕暮夕陽。

今までずっとずっと、助け合ってきた相手だ。

それを、千佳は言葉にする。

「――あなたのそういうところ、本当に嫌い。心外だわ。あなたが委員長とどれほど稽古をしたかは知らないけれど。あなたの相方は――、このわたしでしょうに」

「――――――」

あぁ。

千佳からは、由美子がそれだけ弱っているように見えたのだろう。

彼女から、こんな言葉を引き出してしまうなんて。

絶対に言いたくないだろうに、それでも千佳は言葉にしてくれた。

いつの間にか視線は外れて、千佳は拗ねるようにそっぽを向いている。

もう二度と言わない、とばかりに目を瞑っていた。

でも、たったその一言で。

ここまで安心してしまうのだから。

自分でも笑ってしまうくらい、由美子は千佳を信頼しているのだ。

「由美子、渡辺ちゃん、時間だよ……！」

パタパタと駆け寄ってきた若菜に、呼びかけられる。

いつの間にか、吹奏楽部の演奏は終わっていたようだ。

吹奏楽部の面々が、ステージ裏に流れ込んできている。

出番だ。

「行こう、渡辺」

「えぇ」

短く言葉を交わしてから、ふたりでステージに向かった。


『次は、演劇同好会のみなさんです。題目は『最期の舞台に白い花を』――』

会場のアナウンスを、由美子は横たわって聞いていた。

今はもう、ステージ上に由美子しか残されていない。

千佳は舞台袖で、出番を待っているはずだ。

由美子はコールドスリープ装置を模した箱の中で、横になっている。

暗闇の中、目を瞑って待機していた。

幕は、すぐに上がる。

「……っ」

幕が上がった瞬間、拍手が響き渡り、身体がビクッとしそうになる。

あぁそうか、拍手があるのか。

目を瞑っているから状況がわからないし、初めて続きで困惑しそうになる。

異様なまでのライトアップが瞼越しに目を照らすが、これは仕事で慣れていた。

知っている状況になり、少しだけ落ち着く。

ピーッ、ピーッ、ピーッ、ピーッ、と効果音が聞こえて、心の中で「いくぞ」と気合を入れて。

由美子はゆっくり身体を起こした。

「ふわああ……、ううん。おお、どうやらコールドスリープは成功のようだ……！　ふははっ！　い～い目覚めだ！　世界もこの大名優・ハーヴィーの目覚めをさぞかし喜んでいることだろう！　さて、私はどれくらい眠っていた？　百年か？　二百年か？　それとも一千年？」

由美子は立ち上がり、大袈裟な身振りで声を張り上げた。

その瞬間、舞台から客席が目に入る。

体育館の中は暗かったが、ずらりと並んだ椅子や観客ははっきり見えた。

この学校の生徒がかなりの椅子を埋めているが、一般客だろう私服姿の老若男女、他校の生徒が揃ってこちらを見つめている。

――案外、お客さん多いな？

演劇自体が珍しいのか、席はしっかり埋まっていた。

それをできるだけ見ないようにして、練習どおりにセリフを並べていく。

すると。

「ハーヴィー様。お目覚めでしょうか」

その静かな声に、意識を持っていかれそうになった。

袖から現れたのは、千佳だ。

エマの姿をした彼女が、しずしずと歩いてくる。

客席が見入るのがわかった。

えぇ、というどよめきも聞こえてくる。

それもそのはず。

今の彼女はメイクもしているし、どちらかと言えば夕暮夕陽に近い姿だ。

純粋な美少女であるうえに、その役の入り方に度肝を抜かれる。

その佇まい、歩き方、表情。

そして声色。

どこを見ているかわからない瞳で、少しだけ伏し目がちに話す姿。

それにどこか作り物めいた印象を与え、観客と由美子を驚かせる。

エマの外見はほとんど人間で、機械であることを示唆するのは首のチョーカーしかない。

しかし、千佳は動作と雰囲気で自身がアンドロイドであることを主張していた。

あぁ。

これほどまでに。

彼女は、役を自分に落とし込めるのか。

委員長には申し訳ないけれど――、モノが違いすぎる。

「おおっと。だれだね、君は！　……すまないが、アンドロイドの知り合いはいないものでね。自己紹介を頼むよっ」

驚きと緊張でトチりそうになりながら、由美子はセリフを口にする。

思わぬ状況に、演技がブレてしまった。

それに忌々しい思いを抱きながらも、何とか演技を続行する。

「申し遅れました。あなたがコールドスリープをしている間、そして目覚めたあと。あなたのお世話を任されました、アンドロイドのエマと申します」

由美子の動揺なんて気に掛けず、千佳は淡々とセリフを言っていく。

さすがにセリフの完全暗記は難しいようで、節々でアレンジされていた。

つまり、些細な違いは無視し、明らかなミスがあった場合にだけフォローする必要がある。

意図とミスの違いに気付けるだろうか。

そう考えた瞬間、身体が固くなりそうになった。

だが。

突如、千佳は首を傾げ、こんなことを言ってみせた。

「──時に、ハーヴィー様。わたくしの着ている服は、やけに大きいようですが。なぜ、サイズが合っていないのでしょう？　貧しいのですか？　それとも……、まさか。ハーヴィー様のご趣味ですか？」

口元を隠しながら、エマはそっと後ずさる。

掲げる手には、ぺろん、と余った袖が垂れ下がっていた。

さっきまで、きちんとまくっていたはずなのに。

こ……。

こいつ─────────⁉

こ、この状況でアドリブを入れやがった！

このときの由美子の動揺は、筆舌に尽くしがたい。

ふざけんなよ、と千佳の頭を引っ叩いてやりたいところだが、無論できない。

頭の中が大騒ぎで、完全なパニックに陥った。

由美子は愕然としながら、それでも何とかハーヴィーとしてセリフを絞り出す。

「しゅ、趣味ィ⁉　なぁにをおかしなことを言うのかね、私にはそんな趣味……。あっ！　そう、予定より個体の小さなアンドロイドだったからだ！　君の身体が小さいのが悪いんじゃあないのかねぇ⁉」

「は？」

小さいと言われて、睨みつけてくるエマ。

こんなもの、ほとんど普段の由美子と千佳だ。

けれどその瞬間、ドッと観客が湧いた。

驚いて、思わず客席をしっかり見てしまう。

観客たちは楽しそうに笑い声を上げながらも、腑に落ちた顔をしていた。

──あぁ、そうか。

千佳の衣装が大きいのは事実だが、台本上そこに言及することはない。

そうなると、お客さんは、「なんであの子、衣装ぶかぶかなの？」という疑問がついて回ってしまう。

それを放ったままだと、気持ち悪くて話が入ってこない。

それを嫌がった千佳は、理由付けのために先ほどのセリフを入れたのだろう。

ただ、突然のアドリブだっただけに、由美子はしどろもどろになる。

それが、「趣味ですか？」と訊かれて動揺したように映り、より真に迫った滑稽さを生み出し、その結果がこの笑い声だ。

あぁ本当に。

大した相方だった。

「ハーヴィー様。あなたは五百年ほど眠っておりました。そして目覚めた今、大事なことをお伝えいたします」

セリフを本筋に戻し、千佳は演技を続けていく。

由美子もすっかり肩の力が抜けて、練習どおりに演技に入ることができた。

ハーヴィーとエマは、滅んでしまった世界で、それでも賑やかに日常を過ごしていく。

ともに生活していく中で、その関係にも変化が生じる。

エマが感情を学習し、徐々に表情豊かになっていくのだ。

その些細な変化を、千佳は丁寧に反映していく。

委員長が演じるエマは、どちらかと言えば可愛らしく、純真な少女のように変化していった。

より穏やかに、やわらかい表情を見せるようになった。

だが、千佳のエマは違う。

「お言葉ですが、ハーヴィー様。それはあなたのわがままでしょう。非、生産的だと言わざるを得ませんね」

千佳の演じるエマは、どこか皮肉めいた印象を与え、本当にハーヴィーを主人と認めているのかわからないくらいだ。

生意気な従者、とでも言えばいいだろうか。

千佳がセリフをガンガン改変していくために、その印象をより強くさせる。

そしてその変化は、由美子のほうにも現れていた。

「なにをォ⁉　この世界一の名優を前に、非！　生産的だと？　言っておくがね、私は敢えてそうしているのだよ、アンドロイドの君にはわからんだろうがねェ⁉」

「はいはい」

「ぬぅ……ッ！」

千佳の皮肉屋なエマに引っ張られ、ハーヴィーはどこか憎めない、見栄っ張りなキャラクターに変わっていった。

今までの由美子のハーヴィーは、自信家で、飄々とした人物だったのに。

これが驚くくらいにすんなり、自然に、由美子の身体を動かしていた。

今までにない一体感に、集中力が増していく。

演技が別の領域に足を踏み出す。

そのたびに、観客の視線に熱が帯びるのを感じた。

「はいはい」「ぬぅ……ッ！」というやりとりも完全にアドリブだったし、しかし、それがやけに笑いを誘う。

人間味に深みを持たせ、より親近感を与え、没入感を強くする。

それを演出しているのは、千佳だった。

由美子の手を引っ張っているのは、千佳だ。

けれど、千佳のセリフ暗記は急ごしらえ。

当然、ミスも多く発生する。

「ハーヴィー様。外に出るのは危険でございます。何せ、外は……」

「黄砂」

「……黄砂で前も見えません。シェルターに戻ることが不可能になるかと」

「黄砂も出てこない君に注意されてもねェ」

由美子が皮肉げに肩を竦め、千佳が本気で悔しそうに唇を噛む。

それがまた一笑いを誘い、アドリブだと気付かなかった人も多いだろう。

渡辺千佳のミスをあげつらうのは、佐藤由美子の最も得意とすることだ。

表情を見ていれば、彼女がどう困っているかはすぐにわかった。

あとはそれを茶化してやれば、彼女は悔しそうにしながらも立て直す。

まるで普段のラジオのように、言葉はするすると勝手に出てきた。

ハーヴィーに、由美子の意識が溶け込んでいく。

そして、物語はクライマックスを迎える。

舞台上は暗くなり、スポットライトはエマとハーヴィーだけを丸く切り取っていた。

力なく座り込むハーヴィーは、己の過去を吐露していく。

「……私はね、エマ。世界一の俳優なんかではないのだよ。元の時代では落ちこぼれの役者だった。なぜコールドスリープをしたと思う？　だれも知らない世界に逃げたくなったからだよ。

私は世界一どころか、戦いに挑むことさえ恐れた臆病者なんだ」

「……存じておりました。わたくしは、ずっとあなたを見ていたのですから。ですが、訂正してください。あなたは本物の、世界一の俳優ですよ」

「……はは。そうだな。世界にはもう私しかいない。世界で一番は事実だろう」

「そうではありません。……ハーヴィー様は、何のために演じるのですか？」

「何のため——？」

その問いに、由美子の頭は白く染まる。

何のために。

この演技は、いったい何のために。

由美子が黙り込んでしまったからか、千佳は静かに続けた。

「それは、自分のためではありませんか。観客が必要なのでしたら、わたくしがおります。わたくしに、見せてくださいませ。あなたのための、あなたの、演技を。それこそが、あなたを名優たらしめる行為だと、わたくしは信じております」

「あぁ……、そうだな。そう——、だった」

千佳のセリフは一部改変されていたが、演技は問題なく続けられた。

その会話のあと、舞台は暗転と明転を繰り返す。

ハーヴィーはその生涯を、最後まで演技に捧げた。

様々な役を演じる姿を、由美子は次々と表現していく。

「――――――」

前半のように笑えるシーンはどこにもない。

だからこそ、観客が息を呑む音が聞こえた。

食い入るように没入しているのが、わかった。

由美子の一挙手一投足に、目が奪われている。

それを感じられるのが――、嬉しかった。

そしてハーヴィーは、エマに見守られながらその生涯を閉じる。

床に臥すハーヴィーの手を、エマは強く握った。

そんなエマを見上げながら、ハーヴィーはたどたどしく口を開く。

「エマ。君のおかげで、私の生涯は輝いていた。役者として生き、役者として死ぬことができたんだ。ありがとう、エマ。心から、心から感謝を」

そう口にして、ハーヴィーは静かに事切れる。

手を握ったまま彼を見守り、エマは静かに言葉を続けた。

「ええ。あなたは、本物でしたよ。本物の、世界一の名優でした」

その言葉とともに、物語は終わる。

幕はゆっくりと下りていく。

それで物語の結末であることが伝わったようで、どこからかぎこちない拍手が聞こえた。

その小さな拍手が、徐々に大きく、大きく大きく、広がっていく。

幕が下がり切る頃には、会場は割れんばかりの拍手で満たされていた。

胸を温かくする、最大限の敬意を感じる音。

それを聞きながら、由美子はゆっくりと目を開く。

カーテンコールはない。

だから、由美子たちの出番もここで終わり。

千佳の手は、未だ握られたままだ。

そちらを見ると、千佳は終わったときと同じ姿勢でこちらを見下ろしていた。

お互いの視線が交差する。

千佳は無言で立ち上がり、手に力を込めて由美子の身体を起こした。

ふたり並んで、閉じた幕を見つめる。

その向こうの光景はもう見えないけれど、ずっと拍手が鳴り響いていた。

降り注ぐ拍手の雨は、ふたりの演技を心から称えている。

「由美子――！　よかったよ――！　由美子――！」

「渡辺さーん！　すごかった！　すごかったよー！　さすが――！」

おそらくクラスの女子だろう声が、飛んでくる。

それに追随するように、由美子ー！　渡辺さーん！　と声が重なっていった。

――無事に終わった。

やり遂げた。

この拍手が示しているように、大成功と言っていい。

意識した瞬間、身体から力が抜けそうになる。

胸の奥底には昂揚が強く残っており、じわじわとした達成感で表情が崩れそう。

千佳と、見つめ合う。

彼女もらしくもないほど穏やかな、やさしい表情を浮かべていた。

かつん、と拳を合わせる。

言葉を交わさずとも、それだけで十分だった。

終演後。

文化祭が終わりに近付く中、由美子は小走りで目的の場所に向かっていた。

既に衣装の燕尾服は脱いで、制服姿である。

舞台のあと、千佳といっしょにそれはもうもみくちゃにされた。

若菜やクラスの面々に、だ。

「本当すごかった!」「あれで初めてってマジ⁉」「やっぱプロはちげえなあ!」「わたし泣いちゃったよ!」「あとめっちゃ笑った!」「さすがだよ本当!」「最高だったんだけどォ!」

そんなふうに賞賛の声をぶつけられ、囲まれた。

千佳は本気で嫌そうにしていたが、そこに委員長が現れる。

どうやら、どうにか踏ん張って劇は観ていたらしい。

委員長が号泣しながらお礼を言って、千佳はしどろもどろになっていた。

なおも、よかったすごかった、とありがたい熱い感想をぶつけられまくる中。

由美子は千佳を置いて、そこから抜け出していた。(千佳は愕然とした表情で由美子の名前を呼び続けていたが、無視した)

呼び出されたのだ。

その人物は、体育館そばの大きな木にもたれ掛かっていた。

スマホを見つめる姿がやけに様になっており、近くの女子生徒が見惚れている。

高そうなジャケットにパリッとしたブラウス、黒のスリムパンツ。

サングラスが似合う、格好良い女性。

加賀崎りんごだ。

「加賀崎さーん」

声を掛けると、彼女はぱっと顔を上げた。

ふりふりと手を振ってくれる。

「加賀崎さん、来てくれたんだ」

「あぁ、仕事の合間だけどな。劇に間に合ってよかったよ。観たよ。すごくよかった」

しみじみと言う加賀崎の声にも、熱があった。

素直に褒められて照れてしまう。

しかし、彼女は渋い表情で体育館を見上げた。

「でも、夕暮が出てきたのは驚いたな……。こういったことには興味がないと思っていたが。というか、プロふたりが文化祭で劇をやるのは大人げなくないか……？　実際、クオリティが違いすぎただろ。下手すりゃほかの子に恨まれるぞ」

そう言われると、気まずい思いを抱いてしまうが。

観客の熱や拍手の量は、明らかにすごかった。

あの空気やクラスメイトの声を思い出して、胸が温かくなるくらいには。

だが、そこに至るまでの過程を思い出し、ぐっと疲労がのしかかってくる。

「や、いろいろあったんだよ……。本当は別の子が出る予定だったの。ユウは代役。無理言って出てもらったんだよ」

「ふうん？　なるほど。だよな。夕暮、少しぎこちなかったもんな。文化祭だから遠慮してるのかと思ったが……。夕暮が本気出したら、あんなものじゃないだろうしな」

「…………」

そうなの？

由美子の目には、十二分にすごい演技に映ったけれど。

観客も完全に見入っていた。

とっつきづらい千佳がクラスメイトにもみくちゃにされたのも、それだけみんなの心に響いたからだろう。

でも、万全の状態ならもっといい演技をするのは当たり前だ。

観てみたいな、と思う。

加賀崎はサングラスを外し、視線を別の場所に向けた。

その先には、たくさんの生徒たちが楽しそうに歩いている。

花を咲かせるようにパッと笑う女子生徒、ふざけて肩を組んでいる男子生徒。

文化祭だけあって、賑やかだった。

校舎は手作り感満載でも華やかに彩られ、思い出に色を付けていく。

けれど、もう少しでこの楽しい文化祭も終わってしまう。

「由美子」

「なに？」

「楽しかったか」

その問いは、文化祭が？　でも、演劇が？　でもない。

オーディションを控えてからの、『佐藤由美子』の生活を指していた。

「――うん。楽しかったよ、すごく。毎日バカみたいに笑って、はしゃいで、キラキラしてて。勉強も、やった分だけ前に進めて。成果が出るのが嬉しかった。すごくすごく、毎日が充実してたよ」

正直な気持ちを吐露する。

仕事をせずに送る、普通の学校生活はびっくりするほど楽しかった。

「それを教えようとしてくれたんだね、加賀崎さんは」

加賀崎はしばらく黙り込んだあと、「あぁ」と小さく首肯する。

「由美子には、きちんと選択肢を見てほしかった。声優だけしかない、って思い込むのをやめさせたかった。

ほかにもたくさん、選べる道はある。声優だけしかない、って思い込むのをやめさせたかった。

そのうえで、自分の手で選んでほしかったんだよ」

以前の由美子は何の疑問も抱かず、声優の道を進むことしか考えていなかった。

こんな日々があることを、知らなかった。

普通の学生として生きることは、とても穏やかで、すごく楽しい道であることを知った。

ずっと、ずっと、楽しかった。

由美子は、学校生活を、青春を、力いっぱい楽しむことができる人間だ。

嫉妬と苦しみに塗れながら、這いつくばりながら、それでも必死にもがく声優の世界に、戻らなくてもいい。

すべてを忘れて、青春を謳歌してもいい。

由美子には、選択する権利がある。

だから、由美子は自分の手でそれを選んだ。

「あたしはね、加賀崎さん」

「うん」

「それでも――、声優の道を選ぶよ」

由美子は気持ちのいい秋の空を眺めながら、言葉を続ける。

「どんなに苦しくても、惨めな気持ちになっても、関係ない。あたしが、やりたいんだ。声優をやりたい。声優の道を進みたい。心から、そう思えたんだ」

「そうか」

短く、加賀崎は返事をする。

結局、その結論が変わることはなかった。

苦しいからなんだ、辛いからなんだ。

それでも、由美子は声優をやりたい。

声優をやらない人生は考えられない。

もうどっぷり、あの世界に浸かっている。

抜け出そうなんて、とても思えなかった。

ボロボロになって、仕事がなくなって、どうしようもなくなって、脱落するならまだしも。

自分から退くなんて、ありえなかった。

由美子は、この道を進み続ける。

自分でこの道を選んだという事実は、心に芯として強く残るだろう。

それが、誇らしかった。

風がさらさらと髪を揺らす中、由美子はその場でくるりと一回転する。

手を広げながら、加賀崎に伝えた。

「それと加賀崎さん。あたし、大学に行く理由を見つけたよ。今まで、どっか宙ぶらりんだったけどさ。これがしたい、っていうのが決まったんだ」

「ふうん？　どういう理由なんだ」

加賀崎の問いに、由美子はニッと笑う。

腰に手を当てて、はっきりと答えた。

「あたしが、行きたいから行くんだよ。大学生活を楽しみたい、経験したい、大学生になってみたい！　あたしはそこでも力いっぱいの青春を過ごすよ。楽しい楽しい大学生活を送ってやる。それがあたしの、『佐藤由美子』の人生を彩るんだよ」

保険になるから、大学生の経験が演技に影響するから。

その考えがなくなったわけじゃない。

だけど、今回のことで視野が広がった。

学校生活を楽しむことは、決して悪いことじゃない。

ほかの選択肢に目を向けることは、悪いことじゃない。

人生を楽しむことは、悪いことじゃない。

それは、声優にとっても、由美子にとっても。

「それで、『佐藤由美子』として培ったものを、『歌種やすみ』に渡すんだ。今回のことだって
そうだよ。今回のことがあったから、だよ。この経験たちは絶対、演技に活きる。活きてくる。

だからあたしは、心から大学生になりたい！　って。そう思えたんだ」

迷いは消えた。

声優の道に悩むことも、大学生活をぼんやり見据えることもない。

自分で選んだと胸を張って、まっすぐに進んでいく。

その選択をできたことが、由美子は嬉しかった。

「そっか」

嬉しそうに、加賀崎は笑っていた。

愛おしそうに、由美子を見ている。

由美子と加賀崎は、高い高い秋の空に目を向けた。
その先には、ずっと空が広がっているのだ。

NOW ON AIR!!　第83回

「ユウちゃん！」

「やっちゃんの！」

「「コーコーセーラジオー！」」

「おはようございます、ユウちゃんです～」

「おはようございます、やっちゃんだよ！」

「ねぇねぇ、やっちゃん！　知ってる？　もう秋が終わっちゃいそうなんだよ～！　これは大変だよぉ」

「えぇ～？　どうしてどうして？　秋が終わりそうだと、なんで大変なの？」

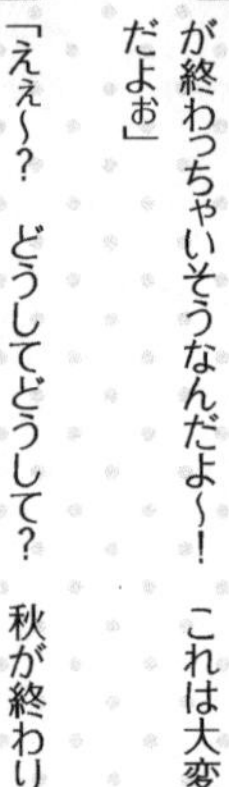

「だって、秋は楽しいことがいっぱいなのにぃ。終わっちゃうなんて寂しいよぉ～」

「ううん、それは確かに！　やすみも秋は大好きだから、終わっちゃうのは残念かも！」

「そうだよねぇ。そこで秋が大好きなやっちゃんに、質問！　秋と言えば……、なにがあるかな～？」

「え、なんだろなんだろ！　う～ん、焼き芋！とか？　どう、ユウちゃん！」

「ぶっぶ～！　ざんねぇん。もう、やっちゃんったら、食いしん坊さんなんだから～」

「むむっ！　なにそれ！　そんなこと言われたら、やすみ怒っちゃうよ！」

「わ、ごめんごめん～！　やっちゃん、怒らないでよぉ」

「じょーだん！　やすみがユウちゃんのこと、怒るわけないでしょ？」

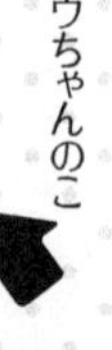

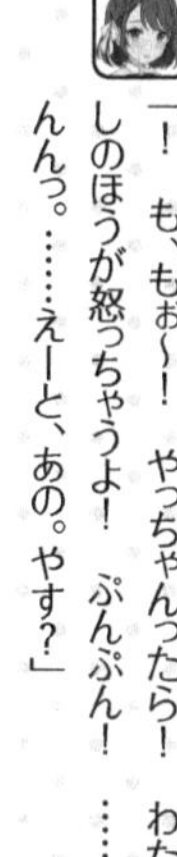

「！　も、もぉ～！　やっちゃんったら！　わたしのほうが怒っちゃうよ！　ぷんぷん！　……んんっ。……えーと、あの。やす？」

「えっ。どしたの。なに、急に」

「……いえ。やっちゃんユウちゃんって、こんなにアホの子だったかしら」

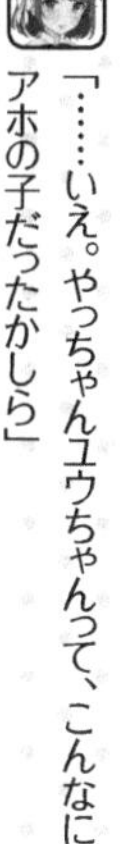

「……確かに。最近、ちょっとやりすぎな気がするな。うん、もう少し控えよ」

「そうね。ン、ンンッ！　……それでやっちゃん！　秋と言えばなんだけど～」

「あ、そうだよね！　秋と言えば～？」

「ここで一通！　ラジオネーム、〝タルタルソースかけ放題〟さんから頂きました～」

「わぁ～！　ユウちゃん、自然なメールの入り方！　なになに？」

「〝僕の高校はこの前、文化祭がありました。とても楽しかったです。おふたりは同じ学校ですが、文化祭はどんな感じでしたか？〟……、だって！」

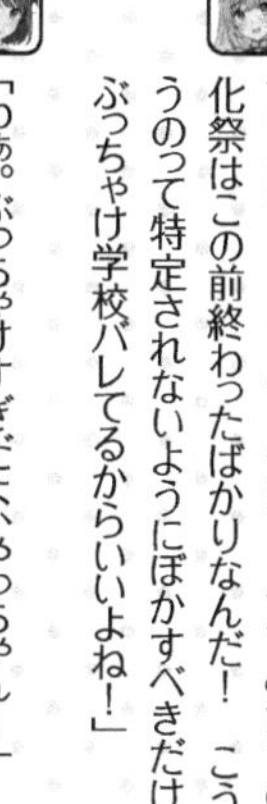

「なるほど～！　そうだなぁ、やすみたちの文化祭はこの前終わったばかりなんだ！　こういうのって特定されないようにぼかすべきだけど、ぶっちゃけ学校バレてるからいいよね！」

「わぁ。ぶっちゃけすぎだよ、やっちゃん～」

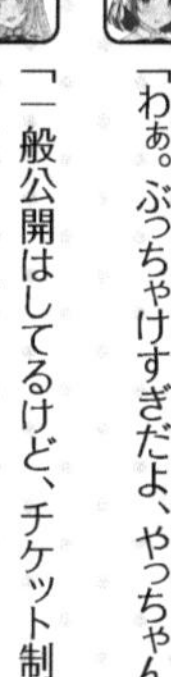

「一般公開はしてるけど、チケット制だからみんな安心してね！　ていうか、チケット制じゃなかったら、去年かなりヤバかったよね！」

「わぁ。ぶっちゃけすぎだよ、やっちゃん～」

Next Page!

「まぁそんな話を、やっちゃんユウちゃんもしてたけども。ユウ。どうだった、文化祭」

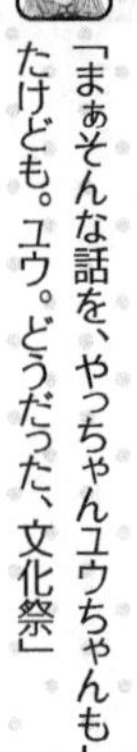

「どうも何もないわ。大変だったわよ、本当。文化祭の準備も、当日も。普通に授業受けていたほうが百倍マシね」

「まぁあんたならそう言うだろうね」

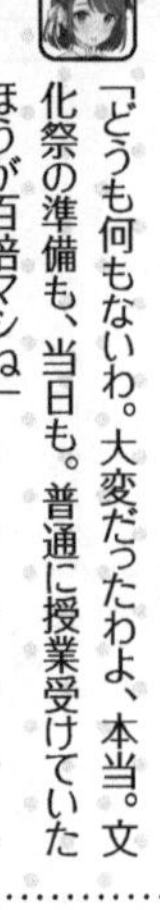

「あれ実質、サービス残業と休日出勤だからね。代休もらえるからマシかもしれないけれど」

「学校行事をサビ残と休出って言うのやめてくんない？　大体、そういう話をするなら声優業界のほうがよっぽどアレだし」

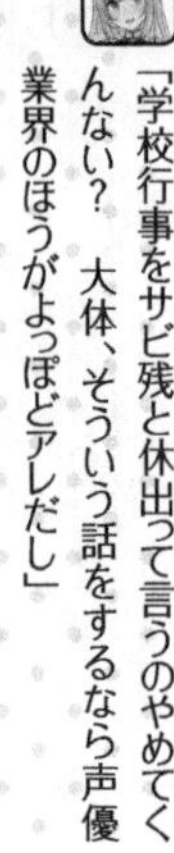

「あぁ……。まぁ、労働環境は、そうね。所属声優だけじゃなくて、弊社マネージャーも大概……。え、なんですか朝加さん」

「『なんで青春っぽい話だったのに、闇に触れていくの？』。そりゃまぁ、闇属性の女がここにいるからね。多少の光は握り潰すよ。あ、闇っていうより黒？」

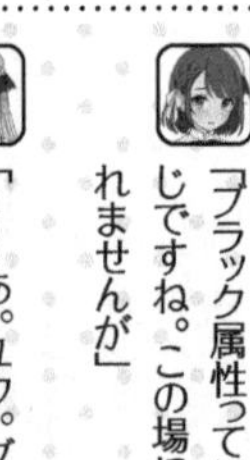

「ブラック属性っていう意味では、朝加さんも同じですね。この場にいる人間、大体そうかもしれませんが」

「……あ。ユウ。ブースの外でなるさんが手でバッテン作ってる」

「編集させても申し訳ないし、この辺りにしましょうか。あぁ、そうだ。やす、あの話はちゃんとしておくべきじゃないの。心配してる人もいたんだから」

「え？　どれ？　あ、アレか。……ええと、みなさんご心配お掛けしました。

夕陽とやすみのコーコーセーラジオ！

最近はちゃんと勉強しているので、安心してください。このまま行けば、大学も受かると思いますので……」

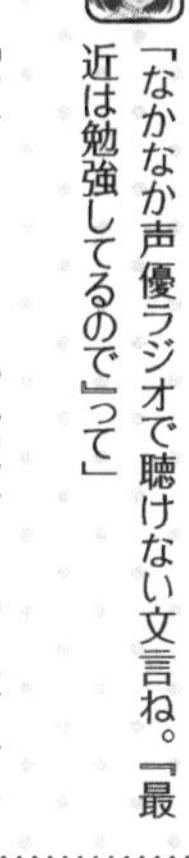

「なかなか声優ラジオで聴けない文言ね。『最近は勉強してるので』って」

「やかましいな……。心配掛けたのは本当だから、文句言わんけどさ……。でもそれなら、あんたのほうが問題でしょ」

「？　わたしは成績、特に問題ないけれど」

「そっちじゃなくて。ほら、前にうちに――」

「はい、というわけで、皆様メールありがとうございました。引き続きメールをお待ちしております――」

「あ、こら締めるな！　まだ時間あるでしょ！　あの話するからね！」

「うるさいわね！　あんまり人の家について、あーだこーだ言わないで！　プライベートな話でしょうに！」

「あたしの受験勉強の話も大概プライベートですけど⁉　大体、あたしは巻き込まれてるし、実際にあんたが家に来てるんだから、言う権利はあるでしょうが！」

「あー！　言った！　言ったわこの女！　あなたのそういうところ、本当に嫌い――！」

to be continued!!!!

あとがき

お久しぶりです、二月公です。

『声優ラジオのウラオモテ』は第一巻が発売される前後に、豊田萌絵さん、伊藤美来さんのおふたりがパーソナリティの『Pyxis の夜空の下 de Meeting』というラジオ番組と、タイアップして頂いておりました。

実際の声優ラジオとタイアップして頂けるなんて夢のようで、物凄く嬉しかったです。

とてもお世話になった番組なのですが、おふたりのトークが大変面白く、タイアップ以降もわたしは普通にリスナーとして楽しく拝聴しておりました。

その『Pyxis の夜空の下 de Meeting』が、２０２３年6月に終了してしまいました……。

つ、つらすぎるぅ～……。

五巻のあとがきでも触れましたが、ラジオって長く聴いていると完全に生活に根付いちゃうので、失ったときの喪失感がものすんごいんですよ……。

リスナーとしても大好きな番組で、２００回の手前辺りから879回まで三年半以上、一度も欠かさず観ていたので、本当に悲しいです～……。寂しすぎる～……。

タイアップ以降も番組内で何度も作品に触れて頂いたり、由美子と千佳が番組にお邪魔したりと、とても良くしてくださった特別な番組でした。それが終わるとなると……、辛い～。でも番組としては、なんと七年三ヶ月も続いた（七年三ヶ月!?）というトンデモ長寿番組ですし、とても楽しい数年間でした！　タイアップして頂いた感動は一生忘れません！

おふたりとも長い間、本当にお疲れ様でした！　ありがとうございました！


めちゃくちゃ悲しんでしまいましたが、大変おめでたいこともあります。

『声優ラジオのウラオモテ』、テレビアニメ化が決定しました――ッ！

佐藤由美子役は、伊藤美来さん！

渡辺千佳役は、豊田萌絵さん！

これ以上の理想はない、最高の形でアニメ化です！

由美子や千佳たちを愛してくださった皆様のおかげで、ここまで来ることができました。

本当に本当に、ありがとうございます！

これからも、応援してくださると嬉しいです。どうぞ、よろしくお願いいたします！

そして、この作品に携わってくださった、たくさんの関係者の皆様。

いつも素敵なイラストを描いてくださる、さばみぞれさん。

なんとお礼を言っていいかわかりません。本当にありがとうございます！

やったー！　伊藤さん豊田さんおふたりのキャストでアニメ化だー！　やったー！

◉二月 公著作リスト

「声優ラジオのウラオモテ #01 夕陽とやすみは隠しきれない？」（電撃文庫）
「声優ラジオのウラオモテ #02 夕陽とやすみは諦めきれない？」（同）
「声優ラジオのウラオモテ #03 夕陽とやすみは突き抜けたい？」（同）
「声優ラジオのウラオモテ #04 夕陽とやすみは力になりたい？」（同）
「声優ラジオのウラオモテ #05 夕陽とやすみは大人になれない？」（同）
「声優ラジオのウラオモテ #06 夕陽とやすみは大きくなりたい？」（同）
「声優ラジオのウラオモテ #07 柚日咲めくるは隠しきれない？」（同）
「声優ラジオのウラオモテ #08 夕陽とやすみは負けられない？」（同）
「声優ラジオのウラオモテ #09 夕陽とやすみは楽しみたい？」（同）

本書に対するご意見、ご感想をお寄せください。

ファンレターあて先
〒102-8177　東京都千代田区富士見2-13-3
電撃文庫編集部
「二月　公先生」係
「さばみぞれ先生」係

読者アンケートにご協力ください!!

アンケートにご回答いただいた方の中から毎月抽選で10名様に「図書カードネットギフト1000円分」をプレゼント!!

二次元コードまたはURLよりアクセスし、
本書専用のパスワードを入力してご回答ください。

https://kdq.jp/dbn/　パスワード　e78f2

●当選者の発表は賞品の発送をもって代えさせていただきます。
●アンケートプレゼントにご応募いただける期間は、対象商品の初版発行日より12ヶ月間です。
●アンケートプレゼントは、都合により予告なく中止または内容が変更されることがあります。
●サイトにアクセスする際や、登録・メール送信時にかかる通信費はお客様のご負担になります。
●一部対応していない機種があります。
●中学生以下の方は、保護者の方の了承を得てから回答してください。

本書は書き下ろしです。

この物語はフィクションです。実在の人物・団体等とは一切関係ありません。

電撃文庫

声優ラジオのウラオモテ

#09 夕陽とやすみは楽しみたい？

二月 公

2023年12月10日　初版発行
2024年３月15日　再版発行

発行者　山下直久
発行　株式会社KADOKAWA
〒102-8177　東京都千代田区富士見2-13-3
0570-002-301（ナビダイヤル）
装丁者　荻窪裕司（META＋MANIERA）
印刷　株式会社KADOKAWA
製本　株式会社KADOKAWA

※本書の無断複製（コピー、スキャン、デジタル化等）並びに無断複製物の譲渡および配信は、著作権法上での例外を除き禁じられています。また、本書を代行業者等の第三者に依頼して複製する行為は、たとえ個人や家庭内での利用であっても一切認められておりません。

●お問い合わせ
https://www.kadokawa.co.jp/（「お問い合わせ」へお進みください）
※内容によっては、お答えできない場合があります。
※サポートは日本国内のみとさせていただきます。
※ Japanese text only

※定価はカバーに表示してあります。

©Kou Nigatsu 2023
ISBN978-4-04-915072-8　C0193　Printed in Japan

電撃文庫　https://dengekibunko.jp/

電撃文庫DIGEST　12月の新刊　発売日2023年12月8日

続・魔法科高校の劣等生 **メイジアン・カンパニー⑦** 著／佐島 勤　イラスト／石田可奈	シャンバラ探索から帰国した達也達。USNAに眠る大量破壊魔法[天罰業火]を封印するため、再度旅立とうとする達也に対し四葉真夜は出国を許可しない。その裏には、四葉家の裏のスポンサー東道青波の思惑が――。
創約 とある魔術の禁書目録⑨（インデックス） 著／鎌池和馬　イラスト／はいむらきよたか	魔神も超絶者も超能力者も魔術師も。全てを超える存在、CRC（クリスチャン＝ローゼンクロイツ）。その『退屈しのぎ』の恐るべき前進は、誰にも止められない。唯一、上条当麻を除いて――！
ソードアート・オンライン オルタナティブ ミステリ・ラビリンス 迷宮館の殺人 著／紺野天龍　イラスト／遠田志帆　原作／川原 礫　原作イラスト／abec	かつてログアウト不可となっていたＶＲＭＭＯ《ソードアート・オンライン》の中で人知れず遂行された連続殺人。その記録を偶然知った自称探偵の少女スピカと助手の俺は、事件があったというダンジョンを訪れるが……
七つの魔剣が支配するXIII 著／宇野朴人　イラスト／ミユキルリア	呪者として目覚めたガイが剣花団を一時的に離れることになり、メンバーに動揺が走る。時を同じくして、研究室選びの時期を迎えたオリバーたち。同級生の間での関係性も、徐々にそして確実に変化していて――
ネトゲの嫁は女の子じゃないと思った？ Lv.23 著／聴猫芝居　イラスト／Hisasi	アコとルシアンの幸せな結婚生活が始まると思った？　……残念！　そのためにはLAサービス終了前にやることがあるよね！　――最高のエンディングを、共に歩んできたアレイキャッツみんなで迎えよう！
声優ラジオのウラオモテ #09 夕陽とやすみは楽しみたい？ 著／二月 公　イラスト／さばみぞれ	成績が落ち、しばらく学生生活に専念することになった由美子。みんなで集まる勉強会に、わいわい楽しい文化祭の準備。でも、同時に声優としての自分がどこか遠くに行ってしまうようで――？
レプリカだって、恋をする。3 著／榛名丼　イラスト／raemz	素直が何を考えているか分からなくて、怖い。そんな思いを抱えながら、季節は冬に向かっていく。素直は修学旅行へ。私はアキくんと富士宮へ行くことになって――。それぞれの視点から描かれる、転機の第３巻。
あした、裸足でこい。4 著／岬 鷺宮　イラスト／Hiten	小惑星を見つけ、自分が未来を拓く姿を証明する。それが二斗の失踪を止める方法だと確信する巡。そのために天体観測イベントの試験に臨むが、なぜか真琴もついてくると言い出して……。
新作 **僕を振った教え子が、1週間ごとにデレてくるラブコメ** 著／田口一　イラスト／ゆが一	僕・若葉野瑛登は高校受験合格の日、塾の後輩・芽吹ひなたに振られたんだ。そんな僕はなぜか今、ひなたの家庭教師になっている――なんで！？　絶対に恋しちゃいけない教え子との、ちょっと不器用なラブコメ開幕！
新作 **どうせ、この夏は終わる** 著／野宮 有　イラスト／びねつ	「そういや、これが最後の夏になるかもしれないんだよな」夢も希望も青春も全て無意味になった世界で、それでも僕らは最後の夏を駆け抜ける。　どうせ終わる世界で繰り広げられる、少年少女のひと夏の物語。
新作 **双子探偵ムツキの先廻り** 著／ひたき　イラスト／桑島黎音	探偵あるところに事件あり。華麗なる探偵一族『睦月家』の生き残りである双子は、名探偵の祖父から事件を呼び寄せる体質を受け継いでいた！　でもご安心を、先回りで解決しておきました。
新作 **いつもは真面目な委員長だけどキミの彼女になれるかな？** 著／コイル　イラスト／Nardack	繁華街で助けたギャルの正体は、クラス委員長の吉野さんだった。「優等生って疲れるから、たまに素の自分に戻ってるんだ」　実は明るくてちょっと子供っぽい。互いにだけ素顔を見せあえる、秘密の友達関係が始まる！

豚になった俺が、異世界で美少女といちゃラブ(!?)するファンタジー

逆井卓馬
Author: TAKUMA SAKAI

[イラスト] 遠坂あさぎ
Illustrator: ASAGI TOHSAKA

豚のレバーは加熱しろ

Heat the pig liver

the story of a man turned into a pig.

純真な美少女にお世話される生活。う〜ん豚でいるのも悪くないな。だがどうやら彼女は常に命を狙われる危険な宿命を負っているらしい。

よろしい、魔法もスキルもないけれど、俺がジェスを救ってやる。運命を共にする俺たちのブヒブヒな大冒険が始まる！

電撃文庫

声優ラジオのウラオモテ
DJ CD
著◉二月 公　イラスト◉巻本梅実　キャラクターデザイン◉さばみぞれ

声優からマネージャーまで、
本編にはないウラ話を聴ける
スピンオフ！

TVアニメ化や
コミカライズなど、
メディアミックスで話題沸騰中の作品が
電撃ノベコミ＋で連載！

連載はこちらをチェック！
https://dengekibunko.jp/novecomi/

自由奔放で刺激的。そんな作品を募集しています。受賞作品は「電撃文庫」「メディアワークス文庫」「電撃の新文芸」などからデビュー!

上遠野浩平(ブギーポップは笑わない)、
成田良悟(デュラララ!!)、支倉凍砂(狼と香辛料)、
有川 浩(図書館戦争)、川原 礫(ソードアート・オンライン)、
和ヶ原聡司(はたらく魔王さま!)、安里アサト(86—エイティシックス—)、
瘤久保慎司(錆喰いビスコ)、
佐野徹夜(君は月夜に光り輝く)、一条 岬(今夜、世界からこの恋が消えても)など、
常に時代の一線を疾るクリエイターを生み出してきた「電撃大賞」。
新時代を切り開く才能を毎年募集中!!!

おもしろければなんでもありの小説賞です。

- **大賞** ……………… 正賞+副賞300万円
- **金賞** ……………… 正賞+副賞100万円
- **銀賞** ……………… 正賞+副賞50万円
- **メディアワークス文庫賞** ……… 正賞+副賞100万円
- **電撃の新文芸賞** ……………… 正賞+副賞100万円

応募作はWEBで受付中!　カクヨムでも応募受付中!

編集部から選評をお送りします!

1次選考以上を通過した人全員に選評をお送りします!

最新情報や詳細は電撃大賞公式ホームページをご覧ください。

https://dengekitaisho.jp/

主催:株式会社KADOKAWA